# 努力，才配有未来

自己的人生没有人替你负责，每天奋斗一点，才会离梦想近一点。

You Deserve Brilliant Future

小川叔 著

CNS PUBLISHING & MEDIA 湖南文艺出版社 HUNAN LITERATURE AND ART PUBLISHING HOUSE 博集天卷 CS-BOOKY

目录

Contents

自序

Preface

## 每个人前面

## 都有一条未知的路

迄今为止，我已经出过两本书了，这是第三本。

这种事儿放在两年前，我想都不敢想。如今我的微博认证上也写着“作家”两个字，这两个字有点儿闪耀，还有点儿刺眼，我更有点儿不敢当。

前两本书承蒙编辑的细心呵护，还有广大读者的支持，卖得还挺好，当然也不知道为什么书出了没多久，责编就都辞职了，好在大家私下里都还是关系不错的朋友。

有一次，我和其中一位责编吃饭，聊起大家各种作的过往，两个人比赛似的爆料自己的黑历史。责编突然问了一句："川叔，你说如果那个时候我选错了一步，还会像今天这样吗？"

我夹了一筷子菜，边吃边想这个看似"蝴蝶效应"的问题。

一个人一次的选择会不会决定他的一生？

有的时候选择真的那么重要吗？尤其是把它放到一生里去衡量，好像每次选择都有了非凡且重大的意义一样。

但又是什么让我们做出了决定呢？

我以前在做分享会的时候说，有时候，你以为是自己选择了生活，其实，也许是生活选择了你。

比如，我当年如果没有选择放弃专科的录取通知书复读一年，而是直接去上了大学，那么今天的际遇是不是就此翻盘了？如果我当年没有从那个服装公司出来，没有来北京，那今天是不是就不是这样了呢？

那个时候，我以为是我自己做出了选择，选择了我要的生活，我凭借这个扛住压力，熬了过来。因为我总要承担自己选择之后所面临的后果。

后来，我开始换工作，差不多一年换一个。有时候，即便遇到工作时间稍微长一点儿的，我也会去额外接个兼职，因为我总觉得我要赚钱，我要多学点儿本事。我对什么都感兴趣……我一直在找所谓的“最适合”自己的位置。

然而，我陷入了迷茫。

因为我发现选哪一条路好像都是一样的，但是内心又很空洞、惶恐，觉得不想这样。我很怕工作陷入重复，因为我觉得这好像很单调，我总认为开拓一个新的领域会让自己更有成就感，可每一次重新开始之后又会陷入一个死循环模式。

我不知道我到底适合什么，尤其是当许多领域都接纳我的时候，选择本身反而变成了一种困难。那时我即将 30 岁，我带着迷茫、痛苦和不安，没有自信地跨过了 30 岁的门槛。我对自己说，不选了，就眼下这个吧！

就这样，我在这个平台上停住了，跟随机遇和内心，一直到现在。

我开始以为是我一直都在选择生活，但我选得越多，内心就越混乱。

我以为自己走了很远，最后发现好像只是绕了一个大的圆圈。

每次尝试带来的新鲜感和猎奇感，在三个月或者一年后就会消退，随之而来的是习惯性地想辞职。

当我在 30 岁的当口，面对手里支离破碎的工作经验，必须选一个未来努力的方向的时候，我开始茫然，甚至有些后怕，感觉选错了，仿佛一辈子就跟着错下去一样。

我选了房地产，其实我也不知道对不对，选的理由是，觉得薪水很多。
我留了下来，开始接受生活的打磨，开始接受成长带来的痛苦与压力，开始接受提升带来的忙碌与无助，开始被局势所逼，学着与人沟通、交流。我开始慢慢学着带团队，树立自信，学会时刻总结。

在我没有选择生活的时候，生活慢慢把我变成了最适合生存的样子。

有的时候，我常常问自己，这算是选对了吗?
如果我当初没有放弃画漫画，如果当初没有放弃做服装设计师，如果当初没有放弃做电视节目，如果当初没有……
那我现在会是什么样子呢?

其实我并不知道那会是怎样，但我可以知道，任何一个“如果当初没有”少了，也许我就不会成为今天这个丰富多彩的我。

我们始终都在选择与被选择的路上奔跑着，而始终引领我们的，是藏在表象下的那颗心。
这漫长的岁月和波折的过程，其实无非是让你充分认识了自己。只有你认识了自己，才能最大限度地去接受这样的自己，才会有自信，才会散发光芒。

我对责编说，我不相信选择可以决定一辈子这种事儿，但我相信，你是一个什么样的人，生活终究会把你引到什么样的路上。

也许我们过去的一念之差，会造成我们今天的遇不到，但是我相信你和我都是努力的人，都是有着积极生活态度的人，那么不论我们过去选择什么，都会因为自己的不服输、努力上进而慢慢变成另外一个自己。
也许你当初选了别的路，我当初选了画漫画，那么也许今天我们不一定认识，但我们两个一定都会成为像现在一样好玩又爱生活的人。所有的选择都只是让你性格成熟的道路，也许我们认为的少年时代的那些选择和弯路，最后搞不好他们的终点都是在同一条大路上！

回去的路上，我接到了之前的领导老孙发来的微信，说是看到了我写的书，还看到了我写的他，他很吃惊，也很开心，万万没想到原来我还有写书这个本事。

我说，其实我写东西很久了，发表过的东西却非常少，我的确从来没被许多人这么集中喜欢过，也没想过有一天还有机会出书。对我来说，不是我选择了这些，而是刚好被时代所选择，而我选择了接受。其实每个人前面都有一条未知的路，不去走，你永远不知道它通往哪里。
老孙看完后回复了我一句：但每条未知的路上都有希望。

没错，不管你如何选择，如何接纳，只要你不放弃，一直努力往前，终究会走到那条属于你自己的大路上来，而你也会在这条路上认识更多的朋友。
因为努力的人，总会相逢。

# 第一章

## 时光，<br>会把最好的留给<br>最优秀的

# 生命里最难熬的那段时光，你是如何度过的

2003 年，我大学毕业，那年让人印象最深刻的是“非典”，我们全年级的毕业生没办法出去找工作，学校提前一个月让我们毕业。我回家被禁足了一个月，老妈还不放心让我出去找工作。

我去沈阳参加了几次人才招聘会，简历上的求职职位从设计变成策划，从策划变成文员，最后变成储备干部……那时候，我最希望的就是哪家公司能给我来个电话，让我去入职。

可是没有，一个都没有。

2003年7月，我拿着大学期间画漫画存的3000元的稿费，坐火车去了南方。

离开家的最大理由是，每一次亲戚朋友来访都用怜悯的眼神看着我，之后说："你说现在念书有啥用，你看你妈借钱供你读大学，最后你读完了也不包分配，也没工作，唉……"

我至今都记得，那声叹息之后的意味深长。

我在网上投了简历，福建的一个学校要我去面试，我想都没想就觉得自己可以，之后就拿了钱和作品去了……

经历了面试、试讲，谈到了签合同。学校要求签约五年，离职后不允许在当地其他学校再任职。我觉得这是霸王条款，就帅气地走人了。

之后，又开始跑各种人才招聘会，发简历，接电话。

南方的小企业特别多，很多布行也都打着服装公司的招牌。我记不清楚我一天最多跑过多少场面试，也不记得和面试我的小老板们聊了多少关于设计、情怀以及未来的话题。每次一番谈话后，老板都拍拍案板说："来！现场打个板给我看看吧！"

那时候我就觉得，自己像个废物。

我要做的是设计，不是打板师傅！

越面试越没有信心，钱也越花越少。我住的旅馆从单人间到四人间，午饭从有荤有素到全素，最后变成了沙县小吃最便宜的拌面。我不敢给家里打电话，就躲在话吧里给那些QQ（一种流行的中文网络即时通信软件）聊过但是没见过面的网友打电话：你那边怎么样啊？我这边不太好，我快一个月没找到工作了，我很想家……

那时候我才觉得，原来人生中最难熬的不是穷苦，而是寂寞。

你在这个城市没有一个亲人，他们说着你不懂的闽南话。你来这里，是为了什么？

后来阴错阳差，我陪人去面试却意外地被留下，虽然做的还不是自己想要的设计，但是我在穷得只剩下火车票钱的时候，看见了转机。

那年10月，北方的一家公司给我打电话，说之前在招聘会拿过我的简历，对我现场的表现印象很深刻，现在有意要招一个男设计师，问我可否去面试。

我就好像看到了一丝希望，带着想回家、想做设计的双重渴望从南方回到了北方。

在分公司面试完，觉得一切都特满意，没想到，到总公司报到的时候才发现，原来那是一家特别破的家族企业，我有了一种上当受骗的感觉。

事已至此，只能忍耐。

总公司那段时间要赶春节之后的订货会，设计任务特别重，我们每个设计师每天要设计超过 20 款作品，而且必须用 4 开纸纯手绘，并配合设计说明。

每天晚上 9 点，老板来巡查，在会议室把所有的设计稿一字排开，好像皇帝翻牌子一样，点选稿件，决定下厂制作样品。

被选中作品越多的人，自然是被认可的程度越高；被选中作品越少的人，自然会受到打击和冷落。

这是一场最残酷的厮杀。

晚上 10 点之后，我才能回宿舍休息。

宿舍朝北，没有暖气，12 月的北方，滴水成冰。

我盖了两床棉被，头上面还要搭一件军大衣，不然第二天一定会头痛。

那时候，我觉得最难熬的不是寒冷，而是内心的不服输。

我的作品入选订货手册的只有 12 件。

那年春节，我只有三天假期。我笑着和老妈说，公司工作特别忙，老板和工人离不开我啊！之后转身，含着眼泪，顶着鞭炮声离家。

内心的苦楚第一次提示我，原来这就是长大。

好不容易把订单的货全部赶完，在去公共澡堂的路上，我买到了一本北京出版的杂志，看到封底写着招聘编辑，就动了来北京的念头。

之后我用设计室的电脑写了一篇 8000 字的稿子，连同我的作品，用老板秘书的那台唯一可以上网的机器发了出去。

两周后，我接到了可以入职的通知。

2004年2月28日，没有任何怀疑，也没有任何经验，我带着从三个朋友那儿借来的1500元钱来了北京。
七天之后，主编告诉我，我暂时不符合他的要求，我要做好准备，他找到合适的人就会把我开除。
这句话让我在之后的一年零二十四天里都过得战战兢兢，唯恐自己被替换掉。

我只能不断地调整自己的心态，自己找机会，希望可以做得更多，每天拼命开始从头学，学自己不懂的策划，学接人待物，学着做版式设计，学着……还要能让自己平衡，学着对自己说："你忘记你毕业的时候最想做的是什么了吗？是赚钱！但是要想赚钱，你要先在这个城市活下来……"

2004年10月，我熬过了四个月的试用期，还了1500元的欠债，用了三个月的时间认识了一些画画的朋友，在离那些朋友比较近的北五环租了一套房子，房租每个月800元。我一个月工资是2400元，我没租过房子，不知道需要付三押一，之后只好央求房东："可不可以先给您两个月的，下个月我再给您两个月？"房东最后同意了。两个月的房租是1600元，交了房租，我还剩下800元，这要负担我一个月的饭费和路费。于是我决定开始接兼职，写稿子，什么都可以写，只要来钱快。

后来我有机会去了电视台做节目撰稿，一个专题100元，每周评一次，通过就有钱拿。那是一个日播的节目，我一个月最多可以通过八个专题。

11月的北京，我把带来的行李里最厚的两件毛衣都穿上都抵御不了寒冷。我去当时觉得特别洋气的SOHO（小型家居办公室）现代城加班，在那个电视节目制作中心里，我知道了什么叫作非线编辑，什么叫作节奏，什么叫作画面感。

每次加班之后，我必须在晚上10点之前离开，乘地铁后一路小跑，换最后一班轻轨。如果赶不上，打车回家要花50元，那就意味着当天晚上的努力浪费了一半。

下了轻轨，为了省下坐三轮车的3元钱，我就一路迎着北风小跑10分钟。11点在小区门口的小吃店坐下，点一盘炒片，当作当天的晚饭。

吃之前我会喝一口存在这里的二锅头暖暖身子，之后傻×一样地大吼一声："嘿嘿嘿！加油！"

那时候，最大的愿望是千万不能生病，因为感冒会耽搁工作。

人生那段最难熬的日子，我从来不觉得辛苦，我每天躺在床上都会想很多，想家里欠下的那十万元的外债，想着每个月如果能存1000元，距离十万元还有多远……

想到这里，就会从噩梦里哭着醒过来……

我在这个城市活得很卑微，几乎是一路爬行着，鲜血淋漓，最后才有机会勉强站起来，到如今和你们一样混在人群里。
生命里那段最难熬的时光，成了日后刻在美好时光钻石上的横切面，它们带着外人无法体会的疼痛，成了今天你看到的浮华的璀璨。

很多事情都可以被人比较，唯一无法比较的是经历。
很多东西都可以被后人超越，唯一不能超越的是生命的深度。
很多情操都可以在蹉跎里被粉碎，唯一不曾放弃的是对梦想的执着。

如今想想，我在这个城市最大的期许居然是先活下来，因为只有活下来，我才有机会证明迟早有一天我会属于这里，在这里得到那些原本应该得到的一切……

# 别和我说你对未来的担忧，其实你只是害怕

一个周末不在北京，一大早回来，打开豆瓣发现了 11 封邮件，里面超过一半是才上大学或者即将大学毕业的学子写来的。可能是鉴于大家对我坏脾气的包容与忍让，大部分人都没有写得特别长。

我觉得写信写成编年体史书，真的很容易让人看得火大，虽然我自己本身就是一个话痨外加长文创作者，但是每次看到有人写："小川叔，我现在遇到了极大的问题，我觉得我的这个问题来自我的性格缺陷，我的性格缺陷是因为我 12 岁那年……" 写了 3000 多字，也没有告诉

我问题是什么，最后只写完了12岁的故事，之后又出现了16岁的转折、18岁的激化、22岁的受挫……等到遇到问题的25岁，我觉得我的人生已经过了半个世纪。

还好，这次大家的来信都很短，内容的指向性也都惊人的一致。不论是才上大学的，还是即将毕业的，都很容易问一个问题："请告诉我，我要如何面对未来？"

"我是学古典音乐专业的，我很想知道我要如何有效地利用这四年，因为我不想荒废掉。"

"我是学影视工程的，我至今都不知道我是否热爱这个专业，请问我接下来要怎么做？我很怕万一毕业找不到工作，我不知道我还能干什么。"

……

对于这些朋友，我只能回复以上的这个标题：别和我说你对未来的担忧，其实你只是害怕。

我不是你的人生导师，谁都没资格做你的人生导师，你的人生是你自己的，你不需要导师。

有一些问题很浅显，虽然它看起来很可怕，比如，毕业之后要如何去大城市呢？我要怎么开始租房子？如果公司是骗子怎么办？如果遇到黑中介怎么办？

这就和我要如何经历大学的四年一样。

这些事儿，是你知道了答案就能万无一失的吗？
你知道了那么多道理，最后不还是一样过不好一生吗？

人生不可避免地需要发问，尤其是在你不懂的时候。
但是，发问之前你思考过吗？
你发问的目的是什么？
希望得到所谓的“前辈”“过来人”的指点？指点你什么？
对于一个毕业已经超过十年的人来说，我的所谓指点对你的帮助有多大？你是真的想要一个所谓的人生成长计划吗？还是只想要一个安心呢？

更多的是后者吧。

这个世界上有很多成功学导师，但肯定不包括我。
我给不了你一个所谓的答案或者计划，尤其是在你自己还没尝试自我思考之前。在你还没有一个答案之前，谁都给不了你这些，不是吗？
思考，是一件很容易的事儿，只是我们都太懒惰，喜欢把这个权利交给别人。

我要如何度过大学四年才不荒废？
我毕业后要如何去面对社会？

这些问题虽然不可笑，但是听着也很泛泛，不是吗？

你要如何度过大学四年不荒废？
请问，你上了大学之后，想过自己要在这四年里做什么，想过你要成为一个什么样的人吗？
你要拿一次奖学金吗？你要谈一次恋爱吗？你要开一次校园演奏会吗？
还是你要在大学四年里赚够两万元钱？或者是在寒暑假里走遍大半个中国？
你连目标都没有，怎么好意思说你不想荒废？

找目标，做计划，很难，也很容易。
我要在大学四年里开发出自己的三个爱好。我要坚持每天晨跑。我要学好外语。这些都是目标。

树立目标最难的是常常犹疑和摇摆不定，总是容易自我推翻，之后放弃。
大部分目标没被实现，就是因为找不到坚持的动力。
我做这个有什么用？这是所有处于迷茫期的人共同的困惑。

我们从小就习惯了被父母和老师教导着生活。大学是一个松绑的过程，可能这个松绑来得太快，以至于你根本不想独立思考。你还是希望有人告诉你一下，点拨你一下，这样会让你安心，还是会让你觉得可以少走一点儿弯路呢？

人生里有些弯路是必须走，必须去经历的。
有些煎熬和迷茫，没人能和你分享。
家庭遭遇不幸、父母双亲都遭遇变故，你向我求助——我要怎么做？
我觉得，我无论回复什么，都会显得苍白无力。

成长是在电光石火的一瞬间，但过程是山河湖泊一般坎坷。
没人能分享你的痛苦与孤独。

害怕、失落、悲伤和无助，这些都是刻在青春上面的伤痕。
没有人能不受伤就平平安安地长大。
你不经历这些小小的挫折和打击，将来又怎么去迎接更大的低谷和失落呢？

给自己找一个健康的发泄方式，比如跑步或者其他运动，用汗水去缓解迷茫带来的压力。
让自己忙一些，充实一些，没时间去思考更多的负面东西，这样你会发现每天都很有意义。
抓住专业课，给自己树立一个目标，不一定非要取得奖学金，但是至少成绩不能太难看，因为这是你毕业第一年唯一可以依靠的东西。

如果你很早就发现你不喜欢本专业，你有四年的时间可以去培养自己的第二甚至第三专业。

为自己安排一些打工的计划，多接触社会，你才能提早知道——这个世界到底怎么样。

挖掘自己的一些特长，并努力做出点儿成绩来，画画、写字、唱歌、主持，说不定这将是你未来在职场上博得喝彩的第一步。

给自己多几次上台发言的机会。不从现在开始练习，你将来只会用更多的丢脸和紧张来弥补。

交几个正能量的朋友吧！孤军奋战总是煎熬的，有个人陪伴总是好的。

少问几个为什么，多想几个解决办法。这条路不行，就换另外一条路。

时刻保持对生活的热情，我知道这很难，但是人生最大的智慧不就是及早学会“苦中作乐”吗？

如果你现在都不能学会自己鼓励自己，你又拿什么来面对四年之后大城市打拼的孤独？

遇到困难，自己先想一些方法，不多试验几次，你怎么知道你不行呢？

大道理人人都懂，你从一开始就知道应该怎么做，你只是害怕，但是害怕没有用，因为最后解决问题的总归是你自己。

每个人都应该有一套属于自己的计划和安排，这绝对不是也不应该是所谓的过来人教你的。

无论如何，都要相信未来总会好的。

你会找到一条适合自己的路，而且没人知道那条路是什么。

你也许会担心、会害怕，但是只要坚持下去，一直向前跑，就会到达。

比起倾听你的困惑与烦恼，我更希望听到你的成长和改变。

加油！

## 我为什么讨厌你

四年前，我跳槽进入这家公司，在进入公司一年半之后，我觉得我开始自我厌恶。

厌恶的原因是，我发现我变成了自己最讨厌的那种人。

我一直都很讨厌那种拍领导马屁、跟领导混得很熟、当领导马仔的人。

特立独行曾经是我给自己最大的褒奖。

人一旦成熟、理智之后，你会发现，你只有接近核心领导，才能和他们的思想保持一致，你才能知道领导在想什么，而你也会在这个过程中逐渐去掉你的员工思维。

什么叫员工思维？就是很典型的小格局以及利己主义。
你看到有些人很喜欢动不动就撂挑子，说“老子不干了”，这种人多数不太容易有成就。
很容易情绪化和放弃的人，怎么可能有大作为？
也许你会说，很多人压力大啊！只是说说而已。

呵呵，你觉得压力大？那只是因为你扛不住而已。
你扛不住压力，所以你只配做一个员工。

一个员工最大的好处是没压力，有一点儿压力就爱嚷嚷，恨不得全公司的人都知道自己加班了。
爱诉苦，爱抱怨，这样的人往往是班加了，还不落好。
喜欢打自己的小算盘，让他多干一点儿就算计——你给我开多少钱啊？你让我多干，你给我加钱吗？

这种人比比皆是，我们谁都不用鄙视谁，斤斤计较是人的劣根性。

我做了很多年员工，这些员工思维，我一样不少。
虽然我做了很多自我的心理建设和转换，比如我把加班看作多学的机会，我把任务的增加看作提升自己的机会，但我毕竟也是凡人。

和领导接触多了，总会知道一些内部消息。我资历最浅，有时候和董事长一起吃饭，我连话都不敢说。

但是我很珍惜这样的机会。

我回报领导最好的方法就是，更努力、更尽职，也更细心地工作。

然后，我就开始被同事疏远。

我也开始讨厌这样的自己。

我一直都觉得我内心很叛逆。

特立独行有时候不是说你谁都不团结，而是我很喜欢和大众站在一条线上，和领导唱反调。

其实我也不知道为什么，也许这会有一种民族英雄的感觉？

或者说，自古以来，领导就代表了压迫，哪里有压迫，哪里就有反抗啊！

可不知道从什么时候起，我渐渐站到领导那边去了。

我和领导走得近了，同事吃饭的时候爱背后说领导坏话，看到我在就不说了。

我成了所谓的“走狗”，这是让我自我厌恶的最大原因。

因为一直想不明白这个问题，所以我就换了一个解决办法。

我一直对心理学很感兴趣，因为我觉得一个人最好在30岁的时候读一点儿心理学，在50岁的时候读一点儿哲学。

三十而立，难免有困惑，心理学是帮助自己最好的手段和方法。

五十而知天命，读一点儿哲学，加深生命的厚度，你才能在皮相衰老的时候更有魅力。

我在网上找到了一个免费的心理学小组。
参加了几期，觉得特别好，之后又参加了几期顾问老师的工作坊。
学会了心理学的一些术语，但是对于内心的自我厌恶并没有解决。这件事儿我也没好意思说，因为当时我自己也说不明白。
很多时候，你的情绪只是一个表象，就像有时候我在回信的时候问那些豆友一样——你说的都是情绪，你能告诉我内在是什么吗？

大部分人喜欢沉浸在情绪里，很少冷静客观地分析：我为什么会有这样的情绪？我在担心什么？
当一个人不能很好地阐述自己的原因的时候，就是一个最大的迷茫。
当你能够很清晰地表达自己的原因、过程、结果时，这就是一个最典型的心理自愈的过程。

不久，我们的小组来了一个新人，叫小凡。
也不知道是留过学还是英文太好，很喜欢说话夹杂单词，看着特烦。
每次到他分享的时候，他总能甩出几句大家都不知道的书或者言论。
我每次内心的潜台词都是：“你这么牛 ×，你还来这里干吗？显摆个什么劲儿呢？”

你看，员工思维还有一个共性：我们都很讨厌装×犯。
我们不爱和强者站在一起，我们觉得他就是个屁，站在他那儿拉低我们的身份。
我们会喜欢有才的人，但是我们更喜欢有才又低调的人。
有才又张扬的人，就是装×了！和不懂装懂一样可恨。

总之呢，那段时间我就看他特不顺眼，加上小凡的个性有些强势，所以我每每总爱酸一句："真不愧是狮子座啊！"
他当然也不傻，也知道我不喜欢他，所以，我们两个私下基本没太多往来。
可是，我的朋友和他居然很快成了要好的朋友。于是，每次吃饭聚会，都会狭路相逢，我们俩就像两只竖起毛的小公鸡，总是爱斗来斗去。
虽然表面上关系好了很多，但是每次一争论，我们俩必然是站在对立面的。
我也就奇怪了，怎么和一个人就这么处不来呢？

后来，小凡因为工作调动要离开北京，小组的朋友要给他办一个送别会。
作为平日里爱走煽情路线的人，我觉得送别这种话，几乎就是张口就来嘛！

心理学讲究对内心的观照，你要时刻保持自己内心的敏感性，你要常常问自己：“我为什么会这样？”

在很多人都给他送礼物、读信，或者列出送别仪式的时候，我忽然在那一刻问了自己这个问题：“我为什么讨厌他？”

然后，我头脑里居然是一片空白。

这时候，有人喊：“下面轮到小川和小凡告别了。”

我茫然地站起来，脑子里原本的煽情台词一句都想不起来了。然后我就说：

“其实我挺讨厌你的，从你最开始到这里。我觉得你特装×，明明是个中国人，说话非要弄几个英语单词。直到刚刚我还觉得，这些就是我讨厌你的理由。

“可是我刚刚在问自己：我为什么这么讨厌你？我发现我居然回答不出你让我特别讨厌的原因。我想，我对你所有的讨厌，都是缘于我嫉妒你。嫉妒你英语比我好，嫉妒你有一个富裕的家庭，嫉妒你有我没有的高学历，嫉妒你年纪轻轻就能有一份好工作，嫉妒你没吃过苦还能安然地享受这一切。

“我承认，很多时候你分享的那些作家我都不知道。我也承认，我很羡慕你随随便便背的一个名牌包就超过了我全身上下加一起的总和。我承认，我有一段时间一直想躲着你，因为我觉得，站在你身边我会更加自惭形秽。我觉得很可惜的是，这些认识直到你要走了我才发现。

谢谢你让我学会了如何去和一位比我更优秀的人相处，如何正视和承认自己的不足。”

我说完这些话，忽然觉得内心有什么东西瓦解了。
我看到他怔住了，然后第一次开始变得结结巴巴，之后有些面红耳赤。

没有什么东西，会比真实更动人。
我在那一刹那，选择了最真实面对自己的方式——承认。

这件事儿让我回去反思了很久。
我想，我在职场上之所以那么讨厌我自己，就是因为我不想承认自己的改变。
是的，我变得和他们不一样了。
我不再是那个带头说领导坏话、唯恐天下不乱的人了。
我也不是那个整天唉声叹气传播负能量的人了。
他们觉得我变了，我总想证明我没变。
思想的改变和原本情感上的拉锯，让我产生了极大的逆反和自我厌恶。

我希望自己在职场上有朋友，我以为臭味相投、彼此说老板的坏话，这就是战友。
我们都讨厌管理者，我们都讨厌装 × 犯，所以我们就是好哥们儿！
事实证明不是这样。

我们不过是几个失败者，互相吐槽，消磨对生活的那点儿热情而已。
所以我们才都不快乐。
当我想到这儿，就好像一团乱麻打成的死结终于解开了一样。

第二天中午吃饭，当我端着餐盘坐在总经理对面的时候，总经理愣住了，她问："你怎么没和他们一起吃啊？"我就笑说："我这不是要利用一切机会多向您学习学习，好提升自己嘛！"

我的那几个同事在我背后隔几排的位置，依旧在三五成群地小声嘀咕着。
我在内心里对自己说："我不可能永远和他们一样，那样迟早有一天我会彻底变成那个我讨厌的自己。"

## 去做和我知道，这是两回事

人最容易说的一句话就是：我知道……

我知道我现在的状态不对。

我知道我不应该沉迷在游戏里。

我知道我不能自暴自弃。

因为知道我脾气不好，所以大部分给我写信的人都学乖了，怕被我直接犀利地刺激，都学会了先承认和示弱。

而这一系列“我知道”之后，通常都会接上一句“但是……”

我知道我现在的状态不对，但是我真的不知道该怎么办！

我知道我不应该沉迷在游戏里，但是我真的很痛苦。
我知道我不能自暴自弃，但是我真的没办法忘了他……

你看，把自己说得好像很无辜，而把结果又说得很顺理成章。

我记得之前我给一位网友写过一封信，他在结尾处写道："川叔，道理我都知道，可我就是没有勇气去做，你要如何叫醒一个装睡的人呢？"我在回信里写道："我就没打算叫醒一个装睡的你，你睡不睡关我屁事？"

坦白地说，有时候我特别同情那些"知道"的人。
因为知道总比不知道要好，对吧？
但是知道，没有意义。
尤其是如果知道却还不去做的话，那么知道本身就变得更没有意义，还不如不知道。
因为知道，反而更痛苦。

其实是这样吧！

很多人爱说："我知道我自己是一个内向的人，但是我不知道怎么去做。"
你真的不知道怎么去做吗？

还是你更希望有人告诉你、帮你安排好计划，你不用动脑子，只要去执行就好了？

觉得自己产生手机依赖症的人，关掉手机就好了。
觉得自己沉迷于游戏的人，卖掉电脑就好了。
觉得自己是个内向鬼的人，多去参加活动就好了。

如果答案就这么简单，估计一批人都活过来了。
但是总会有人说，可是关掉手机，我发现我更空虚啊！可是我不玩游戏，更没有事情做啊！可是我去参加活动，觉得更自卑了啊！
嗯！你总是还有更多的“可是”，以及从这些“可是”中衍生出来的问题……

这个世界上之所以有特别多的人生导师，或者有特别多的人被神化成人生导师，是因为什么呢？
因为大家都不喜欢独立思考，又害怕为自己负责。
我们宁愿听别人的话，把日后可能的犯错归咎到他人身上，这样会让自己的难过少一点儿！

可不可以给自己换一种方式呢？

我知道我的专业知识很弱，所以我要在这个企业做个靠谱、努力的员工的同时，去恶补专业知识。因此，我要把过去的小说丢掉，换成行业内大佬的传记、采访，知道大佬们的思想是怎样的。我还要补充一些除了思想之外的硬性知识，记录一些专业术语，短期内进入一个基本的行业语境，然后多听别人说什么，多去记录，逐渐补充。

我知道我是一个偏内向的人，所以我要扩大自己的交际圈子，我必须去参加一两个兴趣小组，虽然我可能不是里面存在感最强的人，但是我要用自己最擅长的方式，给人留下一个深刻的印象。我要逐渐去锻炼自己的说话能力，为了能做到和别人有得聊，我要增加自己对新闻、民生、政治、财经甚至星座的涉猎，每天抽出一些时间做这方面的浏览，之后锻炼自己去找话题，尝试和小组的人主动聊天，再把这些经验应用到和同事的相处中去。我要积累一些常识类的谈资，逐渐增加自己的幽默感，努力做一个健谈的人。

我不知道别人是怎么做的，至少我是这么做的。

做法，每个人的内心都有答案，只是你狠不下心去做改变。

我也狠不下心，所以我都是每天做一点儿。

积累是一个缓慢的过程，慢到你甚至会一度觉得做不下去。

这时候，你就需要找到一些“自我肯定”的方法。

比如看完那几本难啃的书之后，奖励自己一顿大餐。

比如和好久没见的老友见个面，听听对方是如何看待自己最近的改变的。

你的人生应该由你自己负责。
这句话十分老套，却是不灭的真理。

读一万本导师著作，测试一千次所谓的性格确认，都不如你今天开始去做一件和昨天不一样的事。
然后给自己肯定，给自己加油。

如果人生就是一场马拉松，你只能一次又一次地尝试点燃自己的意志。
我时常把自己当作一个最好玩的玩具，对自己进行测试。
比如看看自己可以坚持多少天早起，看看自己可以坚持背多久的英语单词。
我是一个意志力非常差的人，我很喜欢新的事物。
所以，我总是急着开始一个新的东西，却很少几年如一日地去坚持做完。

我知道这样的自己是有缺陷的，所以我会用很多方式去强化和调整自己。
比如，我通常是以三个月为单位，让自己在短期内集中去努力，然后给自己奖励，让自己明白其实有些事儿我也可以做到。

而且我尽量不在三个月之后连续重复某个主题，避免产生更强的抵触情绪。

比如，这三个月我集中力量去做减肥这件事儿，设定一个期望的体重，之后完全配合教练去做，达到目标之后就放松，换下一个主题再去玩。

我会设置一个所谓的“梦想清单”，里面有一些我一直想买但是又没买的昂贵东西，有一些我想做却一直没去做的事。每次成功之后，都理所当然地去实现一个。这被我称为“坚持的奖励”。

什么叫知道？知道，就是要自己了解自己，不是了解自己的短处且束手无策。

更了解自己的方式是，你可以针对这样的自己，去做什么样的调整，并制订实施方案。

只有你更了解自己，了解自己的短处、懒惰、借口，甚至是最薄弱的地方，你才能知道要如何针对这样的自己去做调整。

如果不知道，那你要如何去做自我的测试？

比如，不知道可以坚持运动多久，就先以一个月为单位，或者一周为单位。

把阶段性胜利和短期目标相结合，再努力挖掘你做的这件事中的兴趣点，不断地去放大，并让自己关注。

然后逐渐拉长你的测试期，看看自己到底在哪个时间段承受不了，之后记录下来。

提醒自己，也许这是自己的一个临界值。

再更换其他主题去验证，最后大概明白自己的一个平均值。

如果你在面对枯燥的专业知识方面的坚持时间是二十天，在对自己有兴趣的东西上的持续时间是两个月，那就需要先以二十天或者一个月为单位制订一个调整计划，然后拆成阶段性任务，在枯燥的东西取得了一个阶段性成果后，允许自己去做一件自己喜欢的事。

人生那么长，日子那么多。

只要你乐意研究这些，你就能把一顿红烧肉赋予它独有的意义。

你可以把一桌好饭当作自己的奖赏。

你可以把一台相机当作自己发给自己的年终奖。

你可以把一张周末游的机票当作自己的毕业礼。

你甚至还可以把一辆车、一所房子，当作自己存得人生第一桶金的回馈。

人活着的最大意义，不就是图一个自己看得起自己吗？

好多人活得不快乐，就是因为他们总是自我贬低，却又自我向往。

他们希望成为的人，和他们以为的自己以及那个其实更弱的现实中的自己没有达成过一致。

他们总是想着美好，开始艰难，后续无力，最后做得越多，失败感越重，越来越看不起自己。

生活没有斗志，就会对一切失去热情。

你觉得是你搞坏了这一切，其实没错。

有时候你只是需要换一种自我鼓励的方式。

别总说那些“我知道……，但是……，可是……”的句子。

多想想那些“我知道……，所以……，于是……，我还要……”的做事方法。

可能你会觉得：川叔，这些方法你是怎么知道的？是不是阅历的关系？

其实这些方法我们都学过，就是巴甫洛夫喂狗的实验啊！

我们都是平凡人，有几个会有超人的意志力呢？

我们都害怕高压、害怕坚持，我们都懒惰，我们也都活得不快乐。

那么就把自己喜欢的和自己不喜欢的事情掺和在一起做，把计划和奖励糅合在一起做。

把测试自己当作一个了解自己的手段，把这漫长的人生当作一次又一次有趣的试验。

你说，这不是一件很美妙的事吗？

# 安全感，你只能自己给自己

有一位 22 岁的妹子，写信说，自己初中毕业之后没有读书，从事了美容行业，五年前定下的目标是做一名优秀的美容师，之后去学习做销售，现在五年过去了，她觉得很迷茫。

曾经想辞职，之后被老板加薪留下。老板承诺，四年之后，分给她公司的股份。但是，她还是很担忧，觉得以后的事情太虚，现在不知道自己是应该走，还是应该留下。

我在回信中写道：

“妹子，每个人职场里的安全感，都只能自己给自己。这点我给不了你。五年前你的目标是成为优秀的美容师，你用了几年做到的？做到之后你又希望去做什么？也许你会说，这个我当时没考虑，而且很多事后来都变了，当初我怎么能知道以后的自己怎么样呢？”

人很容易在忙碌和日复一日中失去目标，这是一个常态。

说起美容师这个职业，我想起上个月我见过的一个美容师小妹。

我常去理发的那家店在双井富力城那儿，那家连锁店开了四年，我从开业的时候就是那里的会员，基本上我是两三周去理一次发。上周我去理发，因为发型师正在忙，所以给我洗头的小妹就说：“要不要去楼下做个按摩？”我想想也挺好，就决定去做一个精油推背。

小妹带我去楼下，给我介绍价格的时候，先问我是几折卡，然后就希望我去做那个 380 元的套餐，说这个套餐不但有精油推背，还可以做一个补水面膜，而且打折之后也便宜，之后就说了很多比如你的皮肤太干了应该补水，你好久没去角质了什么的。

我知道，这些做美容的姑娘多数都需要靠这个赚钱，想着打折之后也才 100 多元，就去做吧。

在美容室，姑娘要先帮我做脸，我问：“不是先放松背部吗？”她说：“先做脸会比较方便。”

然后她就一边给我按摩脸，一边和我闲聊，比如，大哥您是做啥的呀？

我看您好像是做设计类的，穿得很时尚。

我说："我是做地产的，和设计不搭边啊！"

妹子一时间就觉得有点儿找不到话题。

后来，我就开始主动和她聊。我说起这家店从开业到现在，我是第一批顾客，发型师前后换了三四个，最后才确定这个，所以就每两周过来理一次发。

然后，我就说起有一次早晨过来理发，刚好遇到他们在开晨会，我就笑着说："我觉得你们的培训很不正规。"

这个小妹就好像见到了亲人一样，开始吐苦水，说经理要求他们背销售说辞，她内心特别不乐意，感觉就好像忽悠客人多花钱一样，而且每次开晨会，她都觉得自己平时和小姐妹之间聊八卦很能说，但是不知道为什么站在那儿就说不出来。

我问她："你觉得你为什么说不出来呢？"

她说："可能我本来就是个内向的人吧！比较笨，不敢在人前讲话。"

我就笑道："那你看我是外向还是内向的呢？其实我原来就和你一样，不敢在人前说话，后来我自己做了几次训练，现在我主持我们公司的年会，做了四年主持人。"

小妹就很惊讶地说："那您快教教我！"

“其实这个训练很简单，你先想好你要说啥，之后自己小声地说一遍。有时候你脑子里想的是一回事，说出来是另外一回事。之后你再找几个小伙伴围观你，当着他们的面你再说一次，这样经历过两次练习，上台之后至少可以保证一个基本的顺畅表达。”

小妹很疑惑地问：“这样真的就可以吗？”

我说：“这样真的就可以，但是……”这个转折词让她眼神里某些明亮的东西跳了一下。

“但是，你先要知道，你为什么要上台讲话，这有什么用。如果你不知道自己为什么要这么做，那你根本不会坚持去完成。我这么做是因为我觉得我以后总要在人前发言。我希望升职，我希望可以向上走，那就总要面对这样的状况，所以就只能提前练习。还有就是，其实我很怕，我很怕自己不向上，那机会就是别人的了。

“你看你们美容师，也都是吃青春饭的，对吧？那你的想法是什么呢？我觉得大家来大城市打拼很大的原因是赚钱，对吧！所以赚钱并不丢人。但是你只靠工资能存多少钱呢？北京这么好，花钱的地方那么多，每个月的工资就那么点儿，怎么都不够花，所以你完成业绩拿提成才更重要。你只要有了存款，未来你是辞职想自己做，还是回老家开个小店，这些都证明你在北京这几年没白辛苦。怕就怕你钱也没存下，然后年纪还大了，最后只能回老家找个人嫁了。

“我不知道你为什么那么反感背销售说辞，我觉得销售就是服务。我自己不做销售，但是我认识很多做销售的人，也听过很多次他们给员工做的培训。那么多销售说辞、产品特性，死记硬背只是个基础。其实更多的时候靠的是：你是不是把客户当人？你能不能更用心？”

“啥？还有不把客户当人的吗？我们经理说，客户就是我们的上帝啊！”小妹边笑边说。

“那我举个例子。”我说，“比如你带我下楼，让我换鞋坐在沙发上，你给我倒水、介绍产品，你想过这几个环节要怎么组合在一起才最顺畅吗？比如你们这一批新的小妹现在都给客人水洗头，为了省时间是吧？很多时候，你们给我冲头发的时候，只要一开口说：‘哎呀，你最近是不是睡眠不太好啊？’我就知道你下一步就是要给我推销了。这一定会引发反感，导致你的销售行为迅速结束。

“为什么让你们去做干洗？其实说白了，就是拉长你和客人相处的时间，然后才能有机会去打动客人，最后成交啊！

“我上一次来做精油推背，就是因为有个姑娘在给我干洗后做肩膀按摩的时候，她说：‘您的肩颈特别紧，您看要不要去楼下做一个彻底的按摩？’所以我就去了。你得让客人体验到你的服务，然后才有可能劝他去消费你的服务，不然他为什么会买账呢？

“不把客人当人，不体会客人自身的感受，就是一味去销售，甚至把顾客当作肥羊来宰，你觉得成交的可能性大吗？客人里三教九流啥人都有，人家还能被你一个小姑娘忽悠了吗？”

小妹听我说了这番话，连连点头，整个语气都不一样了：“大哥，我觉得您太厉害了！您真能说！我要是能有您一半的本事就好了。”

我就笑笑说：“这不难啊！其实这些东西就是多琢磨。你不懂没关系，你看你们业绩特别好的人是怎么做到的？她们每天来的第一件事是干什么？她们和客人怎么说话，怎么开头？

“我觉得每个人智商都差不多，关键就在于你能不能去观察。销售里的门道说难也难，说容易也容易，但是人家好不容易总结的经验，肯定不能随便告诉你，所以更需要你留个心眼儿好好去学。

“我举个例子，你看你帮我按摩这么久了，从头到尾我都不知道你是几号、你叫什么，对吧？

“让客人记住你，这是任何销售行为的第一步。怎么让他记得？这就得靠练习。

“这就回答了你为什么要去做晨会分享，你要学会怎么说话，才能让大家记得你的故事。这些都是让你学会让客人记得你的重要练习。

“下次你带着客人下楼坐在沙发上的时候，你就可以先说自己的工牌号和名字；你拿走客人的鞋子回身的时候，可以带着水和价格表；利用客人喝水的时候去观察客人脸上的问题，然后你再去对症推荐。哪怕你给人家推荐的是高价位的，也要有理有据，而不是让对方选择完之后再去补充。

“当然，总会有一些客人喜欢贪小便宜，比如，做了干洗，也做了肩膀按摩，但是对方不打算去消费，或者他就是时间来不及，那你推销了一轮就适可而止，或者就说：‘大哥今天时间来不及，我就帮您多按摩一会儿，希望能让您肩膀的这个问题有所缓解。’不能成交，索性就留下一个好印象，这样他回去之后如果觉得效果很明显，一定还会再找你。

“所以，这更需要你在按摩的过程中让他记得你的号码，最好是名字，因为很多人对数字不是特别敏感。然后等他去理发的时候，你去给他倒一杯水，再重复一下你的名字去加深这个印象。那么以后他如果做按摩，一定会想起你，那你是不是又多了一单生意呢？”

我说完这些话，发现那个小妹几乎是一脸崇拜地看着我。她帮我把面膜做完，出去拿精油准备做推背，进门的时候，她就说了自己的工牌号码，并且告诉我她的名字——小凤。我觉得这是一个学习能力很强的姑娘，索性我就又多说了几句。

我说："你知道为什么我要先问，为什么不先做背吗？因为先做完脸，再去做背，客人带着一脸的保养品趴在床上，这一定会让他感觉很差。尤其是女客人会觉得是不是自己刚刚擦的这些保养品容易蹭到床单上。还有，客人趴在那儿，40分钟按摩完毕，他们的面部可能会充血，那你之前做美容的效果就会打折扣。

"人们去做美容是为了什么？就是希望自己有变化，所以美容师最大的任务就是做完美容要给客人鼓励，夸赞效果，这才是你工作成果的体现。客人听了你的夸奖，走到灯光明亮的地方去对比，有了截然不同的差异，他下次才会再来！"

小凤恍然大悟般点点头。

整个按摩做完了，我跟着小凤去前台，她就结结巴巴地说："大哥，我觉得您这次做完肤色看起来好多了！然后……然后……"

我就笑话她说："你这个说话的能力还要多训练，好好在你们晨会上表现吧！"

"嗯！一定！大哥，您真是我的贵人！"小凤又把她那几个感激的词翻出来了。

我说："其实销售说白了就是面对人的一场临场发挥。它可能需要将心比心，它更需要你去勤练习和多总结。我最后再教你一招，等你把之前我说的掌握住了，你还可以晋级的地方就是，你可以尝试给别人惊喜。

“我再举个例子，如果你给这个客人推荐的是588元的产品，但是她比较怀疑，后来她选择了一个低价位的产品。如果你业绩做得好，你拥有了一定的权限之后，你可以在最后，比如乳液或者其他环节，让她去做一轮这个尝试，而在给她试用的过程中，你就要真的结合你的销售知识，比如你告诉她最后的这个精华液或者乳液大概的产地、优势，包括味道会有所不同等等，这样如果客人觉得效果很好，或者她能够在心里产生一个比对，那么下次她选择这款产品的概率就会更大。

“如果你们没有试用装，你们内部会有员工的特优价，你可以自己买一套，在你接待的一些客人当中去做这个试用推广。这样，哪怕十个人中有两个人签单，你也可以有大的盈利。做销售，就是要不断地制造惊喜。”

这位和小凤一样都是20多岁，同样也是做美容师的妹子，其实我觉得学历并不重要，社会是一所最好的大学，它能教会你所有的技能和本领，只要你肯去学，肯去观察和总结。

你觉得自己位置越低，就要越早地确立自己的目标。

哪怕是成为美容师，哪怕是存钱，这都没关系！
在去努力达成的时候，不断地追问自己，然后呢？然后我要做什么？我要成为什么样的人？

把握每一次表现的机会，善于总结，善于模仿成功者，不断地吸收新的技能。
当你拥有了本领和本钱的时候，你的安全感自然就会越来越多。

你问我，现在完成了当初的愿望，成了美容师，是要按照当初的愿望去做，还是继续留在这里呢？其实我觉得这不矛盾。
去做你希望做的销售，一定不是从头开始做起。五年里你学会的如果只是美容的技术，那么你可以从现在起尝试用销售的思路引导自己。
你所有的老客户都可能是你未来的客户，对吧？你和他们的情感链接如何？你是否拥有他们直接的联系方式？你能在他们身上做出业绩吗？你是否总结过自己目前的欠缺？

不是只有出走才能学到，关键是你怎么看待目前的自己。

## 和时间做朋友：我是如何克服拖延症的

不知道从什么时候起，兴起了一个流行词，叫作“拖延症”。

即便不用百度，估计你也能猜到，所谓的拖延症就是：有事儿不爱做，能拖一天算一天。

据说这个病症人人都有，可能会传染，很容易痊愈，也很容易复发。

前段时间我就患上了拖延症，那就现身说法，我是如何克服拖延症，自我治愈的吧！

中国有句俗语说：“坐着不如躺着。”可见人的内心里本来就有惰性。

所以，贪图安逸、享乐怠工是人的天性。

前段时间公司组织出国旅行，消息一放出，我立刻就坐不住了。

本来手里还进行着杂志选题策划、公司品牌战略等一些事儿，但是一想到要出国玩儿，眼前的这些工作任务立刻就变得好像难度增加了上万倍！

索性提前一周就开始让自己放松，每天就是上上网，刷刷微博，QQ 群里和几个主编扯扯淡，眼巴巴等着出国。

我就是在这个时候不知不觉地染上拖延症的。

最初发现症状是在出国玩了七天之后。

回来的第一天，我发现自己没办法集中精力。开始还以为是出国回来暂时不太适应，谁知连续三天都是这样。

这下我可有点儿坐不住了，一来是因为手头的工作积压了一堆，到了时间必须得出结果；二来是觉得自己这样每天混日子，内心很惭愧。

想要治疗拖延症，“知耻心”是关键。

正所谓头脑决定行动，再缜密的行动计划，没有思想驱动都是空谈。

自律本身是需要非常大的决心和勇气的，所以改变之前，要从思想上确立决心，这才是关键。

俗话说：“病来如山倒，病去如抽丝。”

自我克制只能一步一步来，尤其是当你的身体已经舒服惯了，忽然让它再紧张起来工作，一定很困难。
万事开头难，自我治疗拖延症最好的办法是：先设立一个比较容易达成的目标，快速完成它，这样会很容易逐渐建立起自信。

我个人有读书的习惯，一来是工作和做杂志有关，二来是我个人爱好使然。
于是就在豆瓣的图书推荐里找到了一本还不错的书，叫作《习惯的力量》。
我给自己定的目标是三天读完一半。

开始读书的前两天，工作依旧没有头绪，压力开始增大。
除了领导开始催促尽早交报告之外，杂志的主题策划依旧没有头绪。
因为没有头绪，也就无法开始约稿，每天一早上班就是打开 QQ，边处理一些常规工作边刷微博，看看 QQ 群，转一圈下来，就开始读书。

这本书的内容通俗易懂，大部分都是以讲故事的方式来做案例描述，所以我看得很顺。
因为书的内容很有趣，所以，回去的路上我也喜欢在地铁里再读上一小段。两天之后，我已经读完了大半本，提早完成了设定的目标。

领导再次催促“品牌战略报告”的事儿，下属也开始问我这次的选题方向以及约稿的事情，于是硬着头皮答应了领导下周三交报告，和下属说下周一开选题会。

读书目标达成带来的欣喜还没来得及品味，就被强大的工作压力瞬间淹没了。

不过自己的负罪感已经少了许多，至少觉得自己这两天都是有收获的，不再是没成果地空耗时间。

达成了初期目标之后，就需要正视你的工作，这也是治疗拖延症的一个关键。

首先要做的就是养成一个新的工作习惯，代替过去的习惯。

借用《习惯的力量》推荐理论：人很难改变一个习惯，你只能用一个新的习惯去代替另外一个旧的习惯。于是我决定活学活用一番。

首先要改变的习惯就是一早开电脑就上 QQ、刷微博。

这除了会分散我的注意力之外，还会第一时间让我陷入过去的习惯模式。

我卸载了浏览器上的微博提醒，强迫自己上班第一件事儿不是先开电脑，而是坐下来先用五分钟时间在工作日记上列一下今天要做的几件事儿。

把工作按轻重缓急分为 ABC 三个等级，A 类是重点事件，必须当天或者三天内完成；B 类是次重点，要求不急，但是本周完成；C 类则是一些当月常规工作。按照我的个人经验，每天能完成的工作列项基本在五项左右，创意类的 A 项工作，一天顶多完成一项。

列出工作列项主要是为了清空大脑，梳理思路。

人的大脑很奇怪，当你脑子里放了一堆事情的时候，其实你是没办法专心去思考的。但是当你把它写到纸上时，大脑会觉得这件事已经完成了，就不会再时不时地跳出来打断你的思路。

我按照目前的两个时间点：下周一开选题会、下周三交报告这两件事儿倒排出要做的工作。这样就明确了自己有待解决的工作任务。

本期杂志的选题非常大，可说的层面非常多，如果做得不好，很容易散。

之前我阅读了很多人的文章，但是依旧没有头绪。

我不太想提常规的两点方向，但是不知道除了这两点之外还能如何去阐述和支撑这个主题。

当你面对工作，发现进展有问题的时候，不要想着逃避，或者放下不做，那只会重新回到拖延症的老路上。

我个人的习惯是尝试画思维导图。

思维导图是一个很不错的逻辑分析工具，既能发散，也可以聚焦。

我们可以在纸上，也可以使用软件 MindManager（思维导图）来完成。

具体的操作方法就是以任务词为圆心写关键词，写出一个关键词之后再围绕这个关键词做发散，最后总结出一条脉络。

我将这次的选题写在中间，推导出它的概念是什么。之后衍生出它还和什么有关系，它如何存在以及衍生到今天的现状，我们如何认知与怀念。

之后，思路就慢慢开始清晰了，我决定从基本概念入手，结合怀旧的人文感受，再加入名家的理论解读，最后结合我们自己的企业做观点阐明。

这样，既绕开了原本不想提的问题，又使选题的框架翔实。

有了思路之后，选题会自然就会变得比较顺畅。

当你觉得自己完成了一项工作并取得成果之后，一定要给自己一个奖励来强化这种满足感。

我给自己的奖励就是允许自己在当天下午 3 点之后去 QQ 群里和大家聊天两个小时。

保持了几天先做工作笔记的习惯之后，工作状态开始慢慢恢复。

但我发现，我的工作笔记上已经连续两天把“品牌战略报告”这个 A 类工作排在第一位，却一直没有开展。看来这是比较难攻克的一关，于是我决定加班。

其实我个人并不提倡加班。

我把加班作为一种“惩罚”。

人的身体会因为习惯而产生惰性，之后当你想脱离原本的轨道时，它会有很多抵触。

举例来说，当你开始尝试去晨跑，却发现自己很难坚持，其实是你的身体在做排斥反应。

它在拖着你恢复原本的习惯，因此适当的惩罚是一个小小的提醒。

如果赖床五分钟，那就需要多跑一圈。

一旦你的身体接受了这个惩戒模式，下次自然就会乖乖地不抵抗了。

所以，其实我的加班就是在告诉自己的身体和大脑，做不完预定的目标，就需要承担这样的结果。

除了进行小小的惩罚来提醒自己之外，还需要自我分析。

拖延症有时候不是事情一直拖，而是因为开始就觉得无从下手，或者内心有情绪抵触的东西存在。

如果觉得无从下手，就需要求助于同事或者领导，一旦开窍了，事情就会迎刃而解。

如果是情绪的原因，就一定要找到转换的办法。

我在自我分析之后发现，对于“品牌战略报告”，很多时候我不愿意去开展工作。有一部分就是来自主观情绪上的障碍，觉得自己没做过，害怕去做。再深层次挖掘就会发现，我内心里一直都很希望去做营销，对于品牌并不那么感兴趣。

找到了根源之后，积极转换心态。

以蓝海概念去看待未来的品牌发展，把挑战和机遇对换一下，自然就容易找到动力。

当你知道你现在做的这件事儿可能就是你未来职业发展的主线的时候，你的热情和能量是完全不一样的。

最后这个“品牌战略报告”只修改了一次，就获得了董事长的肯定。

就这样，我的拖延症慢慢痊愈了。

以前很多人都觉得我特会安排时间，每天上班之余还能读那么多书，还能抽空去做时尚杂志人物专访。我也从没有想过，一直高效积极的自己有一天也会感染拖延症。

在和拖延症共度的这三周时间里，我收获了一本好书，养成了一个良好的工作笔记前置的习惯。此外，还解开了自己的一个心结，找到了新的努力方向。

时间是非常公平的，它分给每个人的都是等量的。

有的人会安排得很自如，有的人会安排得很杂乱。

把时间当作朋友，从最基本的兴趣出发，尝试用新的习惯去代替旧的习惯。

尝试用思维导图去厘清思路，尝试每天提前做工作安排。

时刻关注自己内心的成长和变化，及时给自己回应与奖励！

那么下一次再患上拖延症的时候，或许我就能用更短的时间痊愈。

第 二 章

# 每一步，

# 都是为了成长

# 我什么都怕，唯一不怕的就是挫折

2003年7月，我从东北老家出发南下，坐了三天的硬座火车，从福州车站下车的时候，车外是44摄氏度的高温，宛如走入了一个蒸笼，瞬间，我觉得自己好像一只半熟的小笼包。

南方的旅馆有很多和我想得不一样的地方，比如，木板床上铺凉席，头顶上整晚开着吊扇，无论喝多少水，你依旧会觉得喝下去的水瞬间就从毛孔蒸发了。

因为天气炎热，我要洗很多次澡。洗澡水来自楼顶的水塔，水放出来的时候就是温的。

无论洗多少次，依旧觉得浑身汗臭。

自从意气用事地和职业学校的负责人吵翻，决定坚决不接受霸王条款，本着世界上一定还有公平在的想法，我半个多月跑了30多场面试，好几场人才招聘会。但现实是残酷的，我找不到工作。

钱越花越少，我不得不将房间从单人间换成双人间，最后到四人间。

每晚睡觉前都把钱包压在枕头下，带着惶恐的眼神应对着同房间里陌生人的提问和玩笑。

我从福州走到泉州，然后到晋江，最后是石狮。

就好像濒死的动物，一直寻找希望的水源，却一次又一次地接受沉重的打击。

每天在沙县小吃店吃上一盘最便宜的拌面，马上就要没钱了，预留出的火车票钱肯定不能动，但是每天吃饭、住宿、交通都要花钱。

到底怎么办……没人能给我答案。

南方的网吧上网很贵，那个时候四元钱一个小时，比起北方的一元钱一个小时、十元钱包夜的价格来说，几乎是抢钱的节奏。我上网最大的目的是投简历，一点儿时间都不敢浪费。

发一通简历之后，就赶快结账，之后等着有人打电话来。

每次接到面试电话，匆匆带着作品赶过去。在进门的时候，我都要停下来，深吸一口气，然后给自己加油打气：没关系！你可以的，马上就会有希望了！

半个小时后，我会默默地走出来，不坐公交，沿着来路，步行回去……
那一路上有过多少五味杂陈的负面情绪，我早已不记得了，只记得那条路很长，仿佛用尽全身的力气都走不完……

南方的夜晚最常见的是夜市，南方的旅馆最常见的是停电。
因为天气太热，害怕电线起火，所以每天晚上会有一段时间停止供电。
每家小旅馆都能自己发电，柴油机带动发电机，之后轰鸣声会带来光明。

十年前，我在石狮的某个小旅馆，躺在床上盘算着口袋里剩下的最后的钱。
我不知道，自己是应该坚持还是放弃。
灯光忽然灭了，又是停电，但是楼下的轰鸣声却没有响起。后来听人吵起来，老板解释说，好像是发电机出了点儿问题。

黑暗总会让人有一些烦闷，我和同住的那位大哥是在晋江的旅馆认识的，还是听他介绍石狮有招聘会，所以才跟着一起来了。他从行李包里拿出一包烟，问我要不要抽一根，我摇摇头拒绝了。

忽然，走廊里有女人喊："谁要看电视呀？"

我就诧异地问："大哥，全旅馆都停电，怎么她那儿会有电呢？"

大哥笑笑说："哈哈！那是个暗号，她们就是做那种事儿的人啊！"

我好像听懂了他话里的意思。

女人的声音由远及近，最后站在我们房间的门口，因为天气热，又停电，电扇不能启动，所以大家早就把门窗打开，希望能更凉快些。

那女人拿了一个小的手电筒，微光下看不出长相，只能看到丰腴的身体上包裹着一层睡衣。

她冲我招招手说："小兄弟，你要看电视吗？"

我好像被火烫了一下，蹿到了床的一角，脸也好像被火烤了一样，红了。

"人家还是个学生仔，你不要吓坏了他！看啥电视？好看吗？来来来，我随你看看去。"那位大哥边说边把女人带走了。

我拿着枕头下的钱包，下了楼，第一次跑到南方的话吧里去打电话。

然后手指在键盘上不争气地按到一半就抖得不行。

我不知道应该打给谁，打给父母吗？我们家没有电话，唯一有电话的亲戚是小舅舅，这么晚了，我能说什么呢？我都能想象老家人的常规回答："啊！好啊！一切都好！要是没事儿就挂了吧！"

打给同学吗？说什么？问问对方工作如何？开心吗？然后呢？

最后，我想来想去打给一个大学的时候在QQ里认识的外地的网友。
“你那边怎么样？我这边不太好……我已经快一个月没找到工作了……”
那些温暖的碎碎念，绕过了刚刚小旅馆里的那一幕，我其实也不知道要说多久，直到对方说要挂了，才茫然地挂掉。

那一刻我才觉得，其实我只是想找人说说话，原来我如此害怕寂寞。

后来，那位大哥不知道是不是吃坏了东西，因为拉肚子不得不去打点滴，我在卫生所陪着他，预防输完液回血。我们聊了很久，在聊的过程中，我想到了放弃，决定过几天回老家。
在输液的时候，那位大哥接到了面试的通知。我因为决定放弃，反而瞬间觉得轻松了。因为看他颤颤巍巍的样子，所以决定陪他去面试，不承想我也阴错阳差地得到了一个工作机会。

从南方回到北方的时候，已经是深秋了。
我在贸然选择了一份救命的工作之后，最后不得不面对我还是想做设计的本心。之后就真的决定放弃南方，顺着那个面试邀约的理由回了北方。
在大连分公司适应了一个月，之后回到了公司总部。

总部在兴城，一个靠近海的小镇子。

公司离古城很近，但是我很少去转，因为我没有一点儿休息时间。
我原本以为南方那种早中晚三班，不分周六、周日，一个月只有两天带薪假的要求很恐怖，自己好像行尸走肉一样，不知道为什么坚持，结果回了北方才发现，原来这个要求似乎是这个行业的潜规则。
你只能在最多的时间里被榨取更多的价值。
总部的条件很艰苦，但是我的心态已经成熟了，如果去哪里都是一样辛苦的话，那我不能白白辛苦，我总要让自己的辛苦值得。

无论多难，我都要学点儿东西再走，哪怕我出了这家企业就转行都没关系，至少我要对得起自己。
这句话变成了那段日子支撑我走过来的最大理由。
新人要从最基本的剪线头开始做起，干这个活儿的都是老奶奶，一边聊家常一边剪，剪10件1分钱。我们三个设计师拿工资，所以干活没有钱，我在南方的薪水是每个月1200元，回了北方每个月800元。
除了剪线头，男生还要负责扛布匹、装箱、运货，和劳力没区别。
这种劳动改造式的日子，领导们说是体验生活。

半个多月后，我们开始准备春节后的新品订货会的设计工作，那种兴奋随着董事长每天拿着树枝翻牌子一样在设计稿中点选而渐渐消失，我的作品被选上的很少。
没有理由，也没有解释。因为老板没有教你的义务。
竞争就是这样，有成功，就一定有失败。

老板喜欢原来的设计师的风格，因为熟悉。
接受一个新人本来就需要过程，什么事儿都没有所谓的绝对公平。

等到我终于被选中了几款设计可以下厂去制作样品时，我才发现，你要协调打板师傅不要把你的设计稿放到最后，在打板的过程中，也许对方还可以给你提一些合理化的建议；你要协调库房，帮你找最合适的布料以及配件；你要协调流水线的组长，让她找合适的工人给你调配。所有这些环节，都需要自己来。

没有人欠你什么，尤其是对于计件算钱的工人来说，新款式不但不算钱，还因为款式新，所以加工工艺都需要重新研究。
那时候我才知道，从图纸到实物的过程是多么艰难，离开了人情关系，几乎寸步难行。
这才明白大半个月的所谓体验生活，其实不过是让我们先和工人搞好关系，以备这个时候全力配合。

我住的宿舍没有暖气，饭盒放在房间里，早晨起来，汤匙是冻在上面的。
我们的设计室是全厂暖气最足的地方，还有一台不能上网但是可以看碟的老式电脑。
我们三个设计师和打板师傅每次都被食堂的阿姨特别对待，我们中午的菜里会有肉，我们的汤里会有蛋花，而其他员工永远都是土豆、白菜和白开水。

很多时候，我都觉得自己不配这样的待遇，我在每天的冷落、打击和苦闷中找不到自我。
一次，我在锅炉房接热水洗大衣。烧锅炉的大爷问我："这里一个月给你开多少钱啊？"我说："800元。"
他就笑呵呵地说："啊？你一个月才800元，我一个月还600元呢！咱俩也差不多嘛！"
这句话宛如一根刺，让我瞬间疼到心里最深的地方。
这就是我的价值吗？我就是这样？

我内向害羞，不善于和人打交道，所以没人帮我，没工人给我出主意，我做的东西，自己都看不下去。
我没经验，设计的东西不符合实际。我总说自己有才华不被赏识，但现实总是给我一记又一记响亮的耳光。
现在我要承认自己失败了吗？我要在这里对着一个烧锅炉的大爷痛哭流涕，之后说自己就是一个什么都不会的蠢货吗？
当然不能！

我决定搬到设计室去住，因为那儿有充足的暖气，没有到点提醒你熄灯的室友。
我把公司所有的资料都找出来，把每天老板选中的设计稿排成一排，把自己今天做的设计稿放在下面比对，找不同，找差距，找解决办法。
我尝试使用那台老旧的电脑，把线稿和布料扫描进去，用一知半解的PS（图像处理软件）技巧做成电脑效果图，这意外地获得了老板的认可。
我把落选的稿子裁成小本子，要求自己每天晚上画30款款式图再睡觉。
我只要有时间，就去车间里和工人聊天，李姐、张姐、王姐、赵姐，能记得的脸和名字都拼命记下，甚至记住了谁的儿子最聪明、哪个大姐最爱吃煮鸡蛋。食堂阿姨拿给我一包榨菜，我也拿去送给几位组长。

人心，就是在不断被认识、被记住、被夸奖、被问候，甚至是被奉承中被温暖了。
这不就是社会吗？
我知道，我不可能一辈子都做南方小旅馆里那个脸红的少年，我也不可能一辈子都遇到那种陪人面试就能拿到一个工作机会的好事儿。
我从没想过要如何改变自己，是这个社会在不断要求你变成这样或者变成那样吧！
我只是想活得不那么累。
我想证明——我有价值！

从那家企业走的时候，我很欣慰。
我有12件作品入选了公司的订货手册，我有自己的一条样衣流水线，这个线上每一个环节的负责人都和我的关系特别好。打板师傅对我很好，帮我出了很多主意，也给了我很多实际的建议。

我忙到春节只能休息三天，晚上，大家饿着肚子一起装箱发货，之后几个小伙子骑摩托车去买好吃的包子，不忘给我送去一份。

我得到北京的面试通知之后，对总经理说，我要走了。

我在这里得到了我想得到的一切，我很满足。

我知道，我出了这个门，就会彻底放弃设计这个专业，但是没关系，我觉得我努力过了，有成绩了。

这样就够了，我对得起我读过的四年大学。

以后，我要重新开始。

2004 年 2 月的最后一天，我来到北京，带着老妈给的行李卷，最外面的是狗皮褥子。

我的第一个晚上是在公司会议室的地板上睡的，因为新的宿舍还没有收拾好。

那一晚，我睡得很安稳，暖气很足。

我睁开眼看到天花板的一瞬间，依旧不敢相信自己在北京。

我带着一种莫名其妙的自信和近乎破釜沉舟的心情投奔了北京。

一周后，主编告诉我："你对日本动漫了解的东西太有限，你好像只知道宫崎骏，你也不会日语，好在你的文笔还不错，但是你要做好准备，如果找到合适的人，我会把你开掉。"

因为这句话，那漫长的四个月的试用期，我晚上没有在 12 点前离开过办公室。我把公司十年的策划专题都看完，我补充了大量的动漫作品以及关于动漫制作人的信息，我甚至还买了一本日语教材，强迫自己学了一段时间的日语。

我记得加班的那段日子，另外一个编辑问我："老大也没要求你加班，你干吗每天累死累活的呢？工作又不难找，你何必这么倔，一定要留在这儿呢？"

我就笑着说："在南方的时候，我嫌天气热，嫌工作时间长，结果回了北方才发现原来哪儿都一样。我在北方的设计公司，每天吃两顿馒头、一顿米饭，忙的时候累得半死，闲的时候就是力工兼打杂，每天几乎足不出楼地在工作，住的地方没有暖气，赚的钱和烧锅炉的大爷差不多。

"你看我现在，工资是过去的两倍，一天三顿想吃什么都可以，还有 10 元钱的补助。

"我不用费力气，不用搬运，甚至借助椅子的滑轮，我连走路都可以省了。

"我唯一的工作就是看书，打打电脑，这比我过去不知道好了多少倍。

"我不觉得这是吃苦，简直就是在享福。

“这个行业是我自己选的，因为我觉得我喜欢，如果我连自己最喜欢的事儿都做不好，那你说我还能做成什么？

“我很知足，我一定会留下来的，在这个城市，留下来……”

然后，我真的就留在这个城市十年。

我怕过很多东西，怕吃苦，怕被拒绝，怕被人看不起，至今我还有很多怕的东西。

现在我唯一不怕的就是挫折。

因为很多东西只有经历之后，那些东西才会慢慢嵌入你的生命，让你越来越勇敢！

## 前路漫漫，但出路只有一条

经常有一些才毕业或者即将毕业的青年给我写信，内容大多很相似，我总结了一下，大概如下：

纯迷茫型的，这类人要克服的是情绪问题，大部分迷茫来自对未来的担忧、害怕，甚至是恐惧。很多人在来信的字里行间夹杂着不自信，甚至常常会说，我真的不知道我能干什么，我会什么，什么地方会需要我呢？这种面对社会的胆怯多数来自四年的象牙塔享受，缺少对社会的接触，因为未知，所以才觉得害怕。

一旦不得不走出去，焦躁的情绪就会适当地减少，当然，不排除还是会有人上了几天班之后忧心忡忡地想，难道我一辈子就这样度过了？

凡事如果套用上“一辈子”的这种句式，你就知道这份工作他可能做不长了。

我给这类朋友的回信大部分是揭穿事实，剔除情绪，鼓励他们走出去试试看，有些事儿没试过，你怎么知道不行呢？这些徘徊在河边的小马，总要凭借自己的意志踏出人生的第一步，幸运的是水很凉，心里却踏实了，觉得社会这条河原来没那么可怕。不幸的是也许第一步崴了脚，甚至有的连续跌跤，又湿漉漉地跑回岸上。人们受挫之后会撒娇叫苦，这是常态。这时候安慰其实起不到任何作用，所以，一部分这样的来信我都不回，因为无论多么温暖的话语都抵不过时间的安抚。

你哭完了，擦干你眼泪的只能是自己。而面前的这条河，你终究还是要自己去蹚。没人知道你下一步是高是低。
我这个大叔能做的也只是用自己这不长的人生故事，给你看看过去我摔跤造成的伤疤而已，但说一千个道理，都不如你迈出去一步。

勇气这东西，从来都不是别人所能赋予你的，你只能在内心里为自己加油。

还有一类人自认为自己是“选择恐惧症”类型，来信的内容大概都是，A 和 B 如何选——考研和工作如何选？回家还是留在大城市如何选？钱多但不喜欢和喜欢但钱少的工作如何选？

这种难下判断、经常把自己逼到两难位置的人，多数和我一样，性格很磨叽。其实说白了，不是不知道怎么选，而是怕选错，所以就给自己弄了很多事儿，看着好像选择挺多，没事儿瞎烦恼，但你只要从自身的原点出发，就会发现很多事儿都摆在台面上，清清楚楚。

今天有位朋友写信问我，工作了一段时间，目前薪水不错，但是做得特别闹心，自己大学的时候业余喜欢设计，但是没正规学过，也完全没经验，如果去做设计，估计只能从最底层开始做起，工资又接受不了，这两难的境地让她陷入了深深的迷茫……

这个妹子觉得自己是两条路不知道选什么，我却觉得她已经很实在地选了，只是自己嘴上不肯承认而已。因为从头到尾她其实最在意的还是“工资”，待遇不好她不干。但是，既想老板给她开高工资，又让她去积累经验，这不是天方夜谭吗？

那么说白了，设计不可能是你的主业，顶多算是你的加分项，它最多是一个锦上添花的爱好，你又有什么可苦恼的呢？

也许有的人会和这个妹子一样苦恼，而且会说：“因为我苦恼的点在于我不知道自己要不要去系统地学习一下设计啊！”

学习这种事靠的是下定决心，你的决心有多大，你的行为就会有多坚定。你怕花钱，又担心收入，这种舒舒服服就能学习的好事儿怎么可能落到你头上呢？所以我才说，很多人看似所谓的有很多选择，其实不过是没分清楚自己的主业和爱好而已。

爱好不是不可以变成主业，但是需要投入，需要理性地看待，甚至是系统地筹划。比如，你说你喜欢设计，玩玩 PS、用个美图秀秀就叫设计了吗？你自己对什么设计最擅长呢？海报、广告，还是网络里的各种美图？设计需要素材和模仿，你为此有针对性地做过资料收集和整理吗？你尝试过自己为自己命题做一些“作品”吗？比如，给某个你喜欢的电影设计一款海报，或者给你喜欢的品牌设计一些网络广告。

你只有带着你的爱好系统性地进入这样的实操练习，才能知道自己到底是不是可以依靠这个爱好讨得一碗饭吃，也许测试完你才发现，你所谓的设计水平连玩票都算不上。

退一步来说，即便你真的需要去设计公司尝试面试，也要有一些自己的设计作品吧？那么这些自我命题其实就是尝试自学并进行系统性整理思路的一个过程，没有这些命题的练习和作品的积累，你就空口说“我觉得我设计水平还不错”，你是哪里来的自信呢？

所以每次我遇到这种迷茫一派，多数都是耳光啪啪作响，毫不留情。

有时候我总爱说，每个人的迷茫都只是一个必经的过程，你不能跨越，或许可以缩短，但这需要你从情绪到思路的自我调节，旁人只能当作一个陪伴的对象而已。

很多年轻人爱问我关于选择的问题，总觉得川叔作为一个过来人，一定会有自己独到的看法和见解。当你觉得你是在黑暗中摸索，眼前无路的时候，其实不用害怕，因为你只要记得，路其实就在脚下，只要你向前走，不停下，就会等到天光放亮的时候。

当你觉得前面岔路很多，似乎难以取舍的时候，先不要急着让别人帮你出主意，或者是求神问卦，而是要好好稳定一下自己，尝试着独立思考一下，问问自己的内心：我喜欢什么？我最想做的又是什么？而眼下我可以做的、我能做得到的是什么？很多时候，答案自然就浮出水面了。

有时候，我们为什么内心纠结？是因为大多数时候你心里喜欢的那件事，恰恰是你最不敢付出以及冒风险的事。就好像我觉得我从小学时代就很喜欢画漫画，甚至一度希望成为一个漫画家，但是我毕业来北京之后，第一次转行依旧没去做一个漫画家，甚至是漫画助理。
为什么？是因为那时候漫画市场不景气吗？不，其实是因为我一直不乐意承认自己漫画的基本功很差，但是不得不承认，我所谓的爱漫画、喜欢漫画，其实更多的是喜欢看，而不是画。

最后我选择去做动漫杂志的一名编辑，依靠文字养活自己，而不是靠画漫画。我的情绪上有很多纠结，不想自己的工作偏离爱好太远，其实我下意识做出的选择让我始终处于一个最安全的位置。
你看，这就是你最直接的选择。

当你情绪上还在纠结的时候，其实潜意识已经帮你做出了最好的选择。

如果你不想安于现状，那就尝试着让自己向自己向往的那部分去做更多的努力，从而获得更大的安全感。

没人敢真的没有一丝把握就“孤注一掷”，即便真的是孤注一掷，你手里好歹都有一个赌注，那么那枚筹码是什么？它能让你坚持多久？能让你付出什么代价？这只有你自己最清楚。

取舍，是每一个人迟早都会面对的事情，我们总要学会为自己的选择找到一个最恰当的平衡点。

也许我们每天会想很多，苦恼很多，也许我们有时候迷茫，有时候恐惧，但最终的出路只有一条。

无论你纠结也好，难过也好，最终你都需要去做这个决定——属于你人生的、属于你自己的决定。

这是你的人生，你随时都有权更改。但决定之后的犹豫、抵触，甚至是不适应，如果你觉得无法平衡，川叔乐意做你最忠实的树洞，听你说说。

有些话你我都明白，你只是说说而已，而日子还是会按照原本的轨迹继续。

有些梦想，你越说也许就会越充满勇气，当有一天你可以为此承担的时候，你就会有力气和决心去做更改和修正。

我们总要走一条路，不论它是曲折的还是笔直的，不论它有多少路口和转弯，决定权始终都在你手里。

你害怕也好，孤独也罢，都要迈开双脚，一步一步地走下去。

每一步，都迎向长大。

## 学会和你的坏情绪相处，因为除了这样你别无办法

今天上午和才认识的大美女毛毛聊天，她说了很多内心的苦恼。其中最大的苦恼就是：“我很想成长，可是我不知道要怎么去做。”

然后，我就想到了之前有个朋友给我写的信，说自己才毕业不久，赚的钱也不多，在听到父母期望自己可以买房的时候，情绪就崩溃了。

是的，绝望、难过、看不起自己、自卑，甚至放弃，这些都是你的“坏情绪”。

我不知道你是否也和我年轻的时候一样，希望有一种类似杀虫剂一样

的喷雾器，对着这些好像人生污点的坏情绪，一喷，它们就可以彻底消失。
因为它们的存在让我们很痛苦，那滋味实在太闹心了。

我以前就是一个偏内向、不善言辞又心事很重的人。
也是因为这样，所以我在成长过程中会很容易被伤害，一个嘲讽的眼神、一个看不起的嘲笑、一次不及格的成绩，以及自己不擅长的英语和体育，这些都让我觉得自卑和羞愧。
我是艺术考生，所谓的艺考就是在别人没有参加高考前，你要先去各大艺术学校进行专业课的考试。专业课合格之后，你才有资格填写该学校的报考志愿。

时至今日，我都无法形容我对那些考试最深的印象是什么，忙碌？不公？还是害怕？
但是，我至今仍清楚地记得艺考放榜到收到通知书那段日子的煎熬。
尤其是别人都收到通知书了，自己还没拿到，心急如焚却还要假装平静，书看不下去，也无法学习。
那个时候，小小年纪的我并不知道这个叫作压力。

我参加过两次高考，第一年艺考只拿到了一个合格证，是一个专科学校。
我不满意，家里人希望我凑合，最后我很倔地把通知书撕掉了。
我记得当时我老爹说："你就不怕后悔吗？你复读一年，以为明年一定就能考上更好的学校吗？”

其实我也不知道，未来的事儿谁能说得清楚呢？

但是，我就是不想认输。

后来在老妈的大力支持下，我选择复读再考。

老妈帮我支付了很高的复读费用，还一个劲儿安慰我，让我不要负担太重。

复读的那一年非常煎熬。

我作为复读生，没办法住在学校的宿舍，只好在外面租人家的门房住。

我在门口的树上挂了一个沙袋，觉得郁闷了就去打几下。

每年艺考结束，我们返回学校后就要开始快马加鞭地恶补文化课。那一年艺考后，有很长时间，我看书看到半夜觉得郁闷，就在门口的沙袋上狂打一通，之后觉得筋疲力尽，就坐在树下抽烟。

那年我第一次开始抽烟，也是第一次觉得活着是一件特别不容易的事儿。

生和死其实只是一念之差，麻烦的是你每天在生不如死的日子里受煎熬。

那一年，我得到了三个专业合格证，最终如愿上了一所本科院校，但是生活并没有因此而变好。

美术专业本身就是一个费钱的专业，别人一年学费3000元，我一年学费一万元。别人一年就是读书考试，我们还有大量的作业要交，绘画用的纸笔颜料还只是小钱，专业课的工具才是最麻烦的事儿，那一笔一笔白花花的银子，都是父母的辛苦钱。

大二那年，因为遭遇大雪以及爸妈做生意失败，我第一次面临交不起学费的困境。这段看起来颇有点儿像狗血连续剧的经历，时至今日，我已经忘记了它的滋味，只记得老爹面色沉重地说：“家里没钱了，交不起学费了，你说怎么办？”我低着头也不知道说啥，内心的疑问是：你问我，我怎么知道？于是就说：“要不我就不念书了。”

我说这句话的时候根本不敢抬头，所以至今都不知道当时老爹的表情是什么样。

之后老妈在外屋听到，进来说：“说什么呢？妈就是借钱也要供你读完大学。”

我记得老爹还说了一句：“学费那么贵，现在读完也不包分配……”

老妈没等他说完，就打断他的话：“你别管！我儿子好不容易考上了大学，我就是砸锅卖铁也要让他念完！”

我一直没敢抬头，因为我怕一抬头，眼泪就会掉下来。

这事儿我后来一直没和老爹提过，我也知道他说的是事实，但是他并不知道，因为他的话，我在以后的许多年，都在心里默默地恨他……

大二开始借钱，大三就无钱可借，然后老妈开始借了所谓利滚利的高利贷。

大四，学校终于和银行进行了合作，我申请了助学贷款。
我毕业那年，家里的负债已经达到了十万元。
对于 2003 年的我来说，这几乎是一个天文数字。

我毕业的时候就带着某种巨大的责任和压力，我要好好工作，努力赚钱，帮家里早日还清债务。我信誓旦旦地给自己定了一个规矩，毕业之后就不再向家里要钱了。
但是，很多时候往往是期望越大，失望越大。

毕业后先是奔赴南方，按照自己的专业去找工作，却处处受打击，不得不面对靠画画存的微薄的路费要花完的现实，最后委曲求全，在一家服装公司做自己不喜欢的工作，试用期每个月 1200 元。那时候，一直在内心叨念着：我要做设计，不管工资多少，我都要做设计！

后来还是决定回北方，在离家不算远的城市找了一份心仪的设计工作，但试用期每个月只有 800 元。年轻的心在经历了一系列冰冷和现实碰撞之后，终于慢慢地安定下来，在被现实和种种严苛羞辱过之后，渐渐地接纳了，其实这就是生活本来的样子。
那应该是我最后一次做本专业的工作。

之后我就决定转行，放弃原来的专业，来北京。
我记得我出发前，老爹问我："不是干得好好的吗？你怎么就不能消停点儿？你去北京干吗？那么多人都去，你能留下吗？”

我说：“因为你们供我读大学就是希望我可以和你们活得不一样，所以为了这个‘不一样’，我必须出去走走，不这样，我怕我会窝囊一辈子！”

后来，我就开始了长达十年的北漂生活。

那段日子里最主要的坏情绪不是孤单，不是寂寞，不是害怕，而是觉得自己没用，看不到希望，总在想，自己什么时候才能有出头之日呢？每一次涨工资，我都要对比一下，然后在心里换算：我一年可以存多少钱？十万元，我要还多少年？

这种强烈的不愉快伴随了我很久。

所以，后来我有一段时间一直拼命地接兼职，除了因为生活所迫，要赚取生活费之外，更多的时候我是希望不要给自己空闲的时间，因为一闲下来，我就觉得自己会被坏情绪包围。

很多人看到我回一些朋友的来信会想，为什么会有那么多人和我倾诉苦×的情绪。

坦白地说，从情感上，很多情绪我都能理解。

因为这种纠结、迷茫、压力、孤独，甚至由此引发的种种荒唐的行为，我在少年时代都经历过。

过去我觉得，那个时候的我，如果也能遇到一个听我诉说、给我力量的人，会不会更好一些？
现在我觉得，真的未必。

因为成熟，其实就是浸泡在这些情绪里的果子。
等到它吸收得饱满了，等到你可以接受自己的脆弱、不安以及自己的不完美，之后可以自如地转换的时候，也许你的成熟才真的能瓜熟蒂落。
那是一个只有你自己可以，任何人都代替不了的过程。

和坏情绪相处的那段时间，我一度用工作填满自己的时间，防止坏情绪占主导。之后就是尽量打点自己的生活，比如打扫房间、做饭，努力地给自己制造惊喜，这个月接五篇稿子就可以买一张自己喜欢的CD（激光唱盘），用这种小目标的达成满足自己小小的愿望。然后读大量的书，尝试让自己放下自卑和戒备，去结交朋友。

我曾经很希望那些苦闷、压力能一觉睡醒就烟消云散，我可以做一个无忧无虑的自己，开开心心地生活。然而，在后来我赚到人生第一笔十万元的时候，出现了一点儿小小的意外。

那是一个十多万的项目，是我靠三个月的深夜加班兼职，写了200集的剧本换来的，为此我还丢了工作。

我记得当我把那十沓钞票取出来的时候，觉得它们看着好轻啊！怎么看着那么少？

我记得我把它们塞进旅行包的最底层，之后一路死死地抱着，坐长途车回家。

我记得我带着老妈，拿着借条挨家挨户去还钱，老妈走了一路，哭了一路……

然后等我再回到北京的时候，我没有了工作，身上还有一些零钱，我并没有觉得很快乐。

因为对我来说，我不过是一个掉进了井里的人，我努力爬啊爬，爬上来才发现，我不过是站在了别人早就站过的起点而已。

坏情绪消灭不了，它就是你情感的一部分，你不能抹杀它，也无法压抑。

你能做的只是去平衡。

让自己的内心在好坏之间来回平衡，找到一个适合的支点。

在没有负债的日子里，我做了很多我人生里想做的事儿。比如做一个SOHO一族，做所谓的撰稿人，希望靠写稿子养活自己。结果那段时间我接了很多稿子，两性、网络、韩式小说甚至鬼故事，但是微薄的稿费告诉我，那太不现实。

后来找了一个勉强可以养活自己的工作，只是为了打发时间。之后公司倒闭，我就跑到演艺圈溜达了一圈儿，做了一小段时间的艺人宣传，帮艺人做过 EP（迷你专辑）封面设计，还跑去演了话剧，参加了一个很小的剧组，参与了几个网络短剧的制作。那段时间，我基本上把自己最想玩、最想尝试的都做了个遍。

现在看起来琳琅满目的工作经历，在那个时候就是我最大的苦恼，因为我并不知道自己真正想要什么，我觉得什么都很好玩，但是什么都不像我想象的那样安稳，可以让我觉得踏实，觉得有安全感，可以让我不用担心公司倒闭，可以项目不结束，可以没有散伙饭，可以一直持续……

昨天和豆瓣上才认识的摄像师聊天，我说，我觉得我的人生一直都在奔跑，很多时候我也不知道为什么要跑，我其实很累，也很想停下来，但脚总是不由自主。我很害怕，我很自卑，我一直在试图用各种东西反复证明自己，比如物质，比如职位。

但是，这些东西你得到后，你还是会没完没了地跑下去，不是害怕失去眼前的一切，而是害怕一旦停下来，自己就会又缩到过去那个自卑懦弱的壳里，自怨自艾。

少年时代，我很希望快点儿到 30 岁，我觉得男人 30 岁似乎就独立了。

但30岁那年，我一个人坐在小吃店门口，孤单落寞地吃着一碗青菜面加蛋，想到的却是自己来北京这么多年依旧什么都不是，活得很卑微。

后来，我希望自己银行里的存款能快点儿到十万元，似乎到了这个数字就有了极大的安全感。可真的到了，你会发现这个数字很尴尬，它既不能让你买得起房，也不能让你去做什么大的投资，它唯一可以给你的定心丸是，如果你不幸被开除了，你至少还不至于饿死，也只是这样。

如今，我在35岁的最后这几天，想着陪伴自己这些年的那些坏情绪，自卑、不自信、自我否定，总是爱多想，想着自己一刻不得闲的奔跑，不禁哑然失笑。

谢谢这些可爱的“敌人”，这么多年，如果不是他们，我或许不会这么谦卑，不是他们时常刺痛我，我不会一边哭一边继续奔跑。

我也不知道我会跑多久，如果没办法停下脚步，如果还不能狠下心说放弃，我只能接受这个现状，但是我已经学会偶尔跑得慢一些，偶尔我要加速跑得快一些。

也许奔跑就和痛苦一样，到了一个阶段，它就会自然璀璨。

在那之前，我只能接受它，适应它，学着和它共处，因为除此之外，别无他法。

# 别总拿照顾父母
# 作为回老家的借口

最近在来信里出现最多的一句话就是：父母在，不远游。

一大批才毕业或者毕业一两年的朋友都拿这句话当作自己最后走上回家之路的指导思想。

有苦 × 说："我是一个女孩子，离家那么远，我很想回去照顾父母啊！我还想回去嫁人啊！"

有人闷闷地说："我就是为了照顾父母，才选择不去南方的大企业，而选择了老家的小企业，现在有点儿不甘心，但是没办法啊！"

我们很多人大学毕业时不过 20 多岁，那时候，我们的父母大多身体健康，能够自食其力，到底是你能给他们照顾多，还是你享受他们给你的照顾更多呢？

我每周一下班之后都会给老妈打个电话。
电话的内容无非是一些家长里短。
我觉得人是很奇怪的动物，我们少年时代没什么成就的时候，反而容易说：“我很好！我没事儿！”
相反，当你真的有了一些成绩，你反而会很容易说一些工作的苦闷。
当然，这不排除一些爱面子的人一直都报喜不报忧。

我大概是从 32 岁开始，才在电话里说一些工作中遇到的烦心事儿。
心理学上管这个叫作示弱。

当你没钱的时候，你不敢去诉苦，因为既穷又不快乐，就真的什么都没有了。
相反，当你赚到一些钱的时候，你去说说你的不容易，这样至少亲人能理解，那一两万元的薪水其实没那么好赚。

我每次都喜欢在电话里和老妈发发牢骚，比如，最近地产市场不好啦！公司压力很大啦！生活很不容易啦！有时候在末尾，我偶尔会加上一句：“改天要是我过不下去，老太太，我就投奔你去吧！回家找你去！”

然后我老妈就在电话那头很幸福地大笑。

当然，我免不了揶揄她一下："到时候你在咱家那边给我介绍一个月薪一万的工作就好，我也不多要。"

我老妈就边笑边说："你妈可没那本事啊……"

混不下去，就回老家，这话在31岁之前，我从来都不敢提，也从没想过。

我不知道有多少人和我的想法一样，毕业之后就再也不向家里要钱了。

这个想法在当年是我为自己毕业上的第一课，我称之为"长大"。

我始终觉得，长大，就要从经济独立开始。

我和很多大学生一样，不是在北上广这种大城市读的大学，大学四年在校园里可能有过那么一点点名气，但是的确没留下什么钱。好在我会画漫画，所以我把这四年发表过的两三篇漫画的稿费3000多元存了下来，成了我毕业后的第一笔活动资金。

毕业之后去福建，是我做的第一个重大决定。

我想远行，一来是我一辈子没走过那么远，二来是我必须给自己一个"断奶"的调试。

断奶，是长大的第二步。

为什么我敢那么做，也许是因为我觉得只有走得远了，才能不想家，或者说即便再想家也不是一下子就能回来的。
毕业工作，和读大学是两个概念。
虽然我们读书的时候也一样远离父母，甚至背负所谓的课业压力，但是到毕业之后才发现，那些校园里的小打小闹比起社会来说，简直是毛毛雨。

可能很多人在校期间也有自己独立出来租房子的经验，并且也以为自己照顾自己是一件很容易的事儿，但是你忽略了，你租的房子多数在学校附近，所谓的知根知底、环境熟悉，最不济你说要搬家，还能做到一呼即应，来几个同学帮忙呢！
可走向社会就不是这样了。
你对这个城市不熟悉，也许要有一段时间住地下室，和陌生人合租。你会遇到种种不容易，被骗、被骂、被贬低，这时候的压力和迷茫是空前的，而家庭的慰藉会成为最大的安慰。

有多少人受了委屈会第一时间想给家人打个电话？
有多少人曾经有一肚子话想说，却在那个熟悉的号码拨通之后，一句话都说不出来，最后只能平复住哽咽地说一句：“没啥！就是想你们啦……”

“混得不好，就回家。”这句话是我不善言辞的老爹在我决定来北京的时候留给我的。

我却梗着脖子回了一句：“混得不好，我才不会回来！就是死，也要死在外面。”

其实我现在都不知道，当年老爹听到这句话，内心是怎样的痛苦。

但是对当年的我来说，不能软弱，不能倒下，不能逃避，我不能给自己任何一丁点儿想回家的念头。

因为我知道，一旦有了这个想法，一切就都完了。

所以在来北京第一年无数次加班到凌晨，我没想过回家。

在第一份工作上班不到十天，接到通知说自己不符合要求，可能随时被替换掉的时候，我没想过回家。

在国企两年，拿着微薄的收入，每天都觉得看不到希望的时候，我一度扪心自问：我来这个城市到底是为了什么？那时候，我没想过回家。

在活动现场看着一切圆满落幕，我在后台捧着已经冷了的盒饭，给自己倒一杯热水，吃到当天第一口食物的时候，我也没想过回家。

曾经一起北漂的兄弟在登上回老家的火车前问我：“小川，你现在毕业五六年了，你在这个城市依旧混成这样，你有没有想过，继续留下来有什么意思？”

我望着远去的列车，内心也在问自己：我不属于这个城市，我留下来的意义到底是什么？出来混了这么久，马上30岁了，没赚到钱，也没有什么成绩，我留在这儿是为了什么？

为了什么呢？
因为我总觉得，只有留下来，才会有希望……

那位好哥们儿后来发短信给我说："我决定回家是因为春节的时候忽然发现父母都老了，而我竟然没能陪在他们身边，我觉得有愧啊！"
他在北京一直混得不如意，他总觉得自己怀才不遇，他拒绝去学习新技能，他甚至一度觉得周围的人都在和他作对。他看不上自己当时微薄的薪水，觉得与其拿那么一点儿钱，还不如回老家舒服，最后他决定走了。

我觉得很多人越是生活得不如意，就越容易拿家去比较。
至少老家你很熟，至少家人可以给你照顾，至少回家你觉得安心，至少……你觉得内心不空了。

漂泊感，是所有外出打拼的人都要克服的。
如何让自己成长为一个和父母人格平等的独立个体，也许这是一辈子都需要修炼的课题。

许多年后，我才想明白当年那位兄弟留给我的问题。
你为什么要留在这儿？

因为我想要变得独立。
因为只有这样，我才能面对以后更大的考验，变得坚强。

后来，我曾经把这个故事告诉另外一个朋友。
我说：“我知道如果我退缩，回家和父母团聚，他们会百分之百地接纳我！我也会陪着他们老去，那或许是一生中最难忘的时光。”

但是我不想那样，在父母双亲都可以照顾自己的时候，这漫长的十年甚至二十年，是属于我的。
我要成为一个什么样的人，其实就是这十年的光景自我塑造的结果。

我并不觉得不能守护在父母身边就是不孝，因为我在努力成为将来父母可以依靠，甚至为之骄傲的人！

我的父母对我没有太大的期望，他们不过是希望我平安、幸福。
我相信大多数父母也都如此。
他们并不见得多希望自己的孩子做高官、赚大钱，他们只希望孩子能快乐。
而什么样的自己才是最快乐的？
莫过于成为自己最想成为的那种人。

我们老家的人常说，这孩子将来有出息。
啥是出息？不过就是你能活成你想成为的样子！

我每年春节都要回家，在家里待着，陪老妈看电视、聊天。
每年我都会和老妈聊起我这一年在公司里、在生活中发生的那些事情。
这是我一年中最难得也最轻松的自我总结。

我知道老妈虽然嘴上不说，但是她也明白：孩子已经长大了。
我不敢说，现在的我是不是一个值得让父母在外人面前提起来为之骄傲的榜样，但是至少这十年，我慢慢地活成了一个自己看得起自己、自己成就自己的人。
我觉得，我很幸福。

那句古语“父母在，不远游”的下半句叫作“游必有方”。
意思是：当父母都还健在的时候，子女不要远行，如果要去，那么一定要有一个方向！

其实父母期望的并不多，他们也许从未期望你一直能够陪在他们身边。
他们迟早有一天会离开，而你要孤独地生活下去。
你也迟早有一天会为人父母，去做血脉的延续和传承，那么做一个什么样的自己，塑造一个怎样的性格，也许才最重要。

我们决定了远行，就一直走下去。累了、困了、倦了、迷茫了、孤独了、痛苦了、哭泣了，只要一直走下去，就能找到方向！

穿过风雨，穿过迷雾，穿过荆棘，穿过岔路，你总会到达一个点，获得一种完满与收获。

也许你会问我，北漂十年，你有没有哪一刻想要放弃，想过回家？

我能想到的只有一次，是五年前，当时在做公关活动执行，因为连续加班，过度熬夜，引发心动过速。

在活动完毕之后，我坐在出租车上，心脏狂跳不止，觉得全身的力气都要被抽走了。那时候，第一个念头是……好想给老妈打个电话，后来手指完全没有力气，我只好握着电话，在出租车里昏睡了半个小时，才勉强恢复了体力。之后下车回家，倒头睡了 12 个小时。

清醒后，我还在想：如果那时候电话拨通了，我会说什么呢？

也许会说一句：老妈，我挺想家的。

据说，大城市的夜晚，总有想家的人在哭。

而那些最后留下来被这个城市接纳的，一定是擦完泪水坚强面对的人。

我们回家，要成为什么样的自己，踏上那条回家的路，其实这是你能够决定的。

# 你为什么总想着与猪比美

有个妹子在微信订阅号给我留言：

“川叔，我有个情绪上的烦恼，想得到你的指导，哪怕是耳光也行。我有个特别讨厌的同事就坐在我隔壁，她每天上班的主要内容就是聊天和玩手机，正经工作不会超过两个小时。

“我讨厌她的原因是她太爱占便宜，又非常虚伪，而且聒噪肤浅得不得了，绝对是个少见的‘极品’。自从跟她反目以来，我就更受不了她的做派了，每每听她说一些虚伪的话，就忍不住腹诽。

“虽然我已经提出辞职，再上一个多月班就可以彻底离开这里，但还是觉得每天在她旁边是种折磨。

“请告诉我，怎样才能改变自己的心态，停止对她的厌恶？谢谢。

“By the way（顺便说一下），说她讨厌真的没冤枉她。但是我也知道自己容易炸毛，容忍度较低。我真的也希望自己心宽一些。不知道川叔有什么好的建议。

“我知道生命中遇到的让人不愉快的人或事，是帮助我们成长的课业。只是这一年来，我上班时都沉浸在这种不愉快中，我好希望可以顺利毕业，过了此劫，以后再不会遇到相同的人了。”

既然这个妹子做好了挨耳光的准备，我也就毫不客气地说：“你觉得她是‘极品’，但是你也没好到哪里去。”

这话自然是一石激起千层浪，妹子果断地反吐槽说：“为什么这么说？至少我是一个正直的人，我不虚浮、不占便宜、不撒谎，她的缺点我都没有！”

我说：“和猪去计较的人，又比猪好到哪里去呢？你还可以说，你比猪更白，不会像猪一样随地大小便……但是这并不会给你带来任何优越感，不是吗？

“之所以用猪来做比喻，不过是为了安抚对方对对手的厌恶情绪。其实坦白地说，这个世界上很多人都活在自己的世界里，都觉得自己是独一无二的存在，可能除了自己之外，其他的人都是蠢货。这句话除了肯定对方的人品之外，还联合了这个妹子一起去打击另外的那个人，然后再反问，既然你比她强这么多，那干吗要去计较？

“他人的事最终只有一句话，关你屁事！人家虚荣、浮夸、占便宜、撒谎、离婚什么的，关你屁事？要你付钱吗？一个劲儿地把别人的事拉到自己的视野里来，就和与猪比美一样。”

犀利这种事其实很容易，这一记“耳光”打下去，妹子果然淡定了许多，回复了几句“感激、精辟、谢谢川叔”之类的话，沟通就此结束。

看不惯他人这种事，不论是在职场还是生活中，都是最常发生的。
很多时候，所谓的“看不惯”都源于自己的主观视角。一旦这种第一印象或者第二印象定型了，之后就很难改变，尤其是一些内心偏矫情的文艺青年，会觉得越来越别扭，可能连对方说话甚至呼吸，对自己都是一种得罪。

这个妹子一直问我：“要如何改变自己，才能不会再遇到这种人？”
其实我真的没好意思说出口的是：第一，你改变不了你自己；第二，你总会遇到这种人。
但这个打击未免有点儿大。

因为人改变自己很难，而且你在改变的过程里，你会觉得，我为什么不为一个自己爱的人改变自己，而要为了一个我讨厌的人改变呢？凭什么啊？你怎么不改变呢？

最后还可能衍生出深深的诅咒："你怎么不去死啊？"

对方不但不会死，可能依旧活得好好的。也许在你看来，对方活着就是恶心你的最好方式。

这个世界上有好几类人，有一类人一定是你特别讨厌的。

而且当你越是讨厌的时候，你身边出现这种人的概率越高。

为什么呢？可能真的是老天爷在捉弄你，也可能是……因为你过度关注某一点，导致分外敏感。

讨厌一个人这种事，每个人都遇到过。

谁看谁不顺眼，彼此互骂，甚至互殴，从大明星到普通老百姓，都司空见惯。

旁观者劝架的时候，一定常会说："哎呀！别和他一般见识，他就那样。"

但当局者内心的怒火岂是一句安抚就能抚平的？

我自己貌似前些年还和人在微博上大吵过，气得饭都吃不下，旁人劝我："如果狗咬了你一口，你还会回头去反咬吗？没必要啊！"

我至今都记得我的回复："我干吗要去反咬啊？我要拿根打狗棒把狗打死！"

最后的结果呢？

狗当然没死，这种斗嘴斗气，很多时候（超过半数）是不会有结果的。当事人怒火中烧，必须把这口恶气出了方才罢休，但如今这个网络时代，你的这个出口还真的非常不好找。

如今是法治社会，你真的是气昏头了，往对方家里丢个早年藏起来的手榴弹之类的东西，也可能是一阵硝烟之后追悔莫及。

那么怎么办呢？

气又气不得，打又打不得。

就索性把对方当成猪吧！

毕竟想象这种事情，多数都是零成本的。

当你厌恶对方的时候，往往是无形中也抬高了自己。

我就不会像你一样，我就不会这样，我就不会如何如何……

这种“我就不会”的字样，好像把自己放在了一个完美的位置，觉得自己至少在这方面强于对方。

既然你那么强，又干吗去计较？

别说什么大人和小孩儿的比喻，就压根儿先不把对方当作同一物种，然后从心里告诉自己，自己和他，或者它，没有可比性。

也许这样反而会让自己更舒服一些。

因为有比较，或许才会有更大的不公和不服。

比较，嫉妒，也许这是人的本性。
有时候你杜绝不了，那就只能转化。

有些人内心空间真的很小，也习惯称自己这样为直率。他们有的时候做不到对别人的事视而不见，因为内心装不下，所以就免不了背后说，甚至当面说。
这脸面一旦撕破，也许真的就补不回来了。
我之前经常和几个同事一起吃饭，其中一位女生就特别喜欢讲她的直属领导如何如何，每顿饭前都拿抱怨做谈资。开始的时候，我还以为可能她的领导真的是专业不行、做人不对。后来她的直属领导走了，她又开始抱怨新领导的问题。我这才觉得，搞不好这是她自己的问题。

人的负能量有一些真的是与生俱来的，但更多的时候是一个习惯问题。
就好像有的人一开口，就会习惯性地说别人的短处：你今天黑眼圈好重，你的气色怎么这么差？你这件衣服我妈也有一件……这种一开口就被人讨厌的人，其实大部分只是习惯了。
所以，我也很相信那些习惯性开口就是负能量的人，他们或许觉得，自己只是找点儿饭前谈资，活跃一下气氛而已，但是这种东西说久了，真的就会没朋友。

分清自己的事和他人的事，这是切断自己内心别扭的一个关键。
因为你总要知道你能决定什么，你只能决定你自己，决定你现在的心情，决定你要不要放自己一马，你决定不了你是不是能遇到傻 ×，你甚至都无法决定这个二货会不会报复你，等等。

既然你都决定不了，那你劳心劳力的又有什么用呢？

可能每个人都是他人世界的猪、自己世界的国王。
有的人内敛，有的人张狂。
于是总有人看不惯他人嘚瑟，跑到对方面前说：“嘿！你知道吗，其实你是猪。”
这种人通常都还蛮贱的，而且贱得不自知。
如果对方和她大吵，她就会气得受不了，吵到披头散发，最后还觉得很委屈，边哭边说：“我只是告诉她这样一个事实啊！”
她是猪，那你又是什么？
她人的事儿，哪儿轮得到你去点出事实呢？

如果大家都能安守自己的事，莫管他人的事，做自己世界里的国王、他人眼里的猪，是不是就会少一些别扭呢？
至少自己会多一点儿开心和看开吧！

# 《我是歌手》教你的职场潜规则

昨天下午和一个网友闲聊，忽然聊起了《我是歌手》这个节目。

第三季播出的时候，我脑子里想到的是，第二季有谁来着？邓紫棋、韩磊……然后呢？

好吧，真的是毫无印象了。

每一季的这种歌手比赛节目，观众和粉丝都看得血脉偾张，一时间，每个电视机前面的人仿佛都化身成了那500名大众评审。

参与感，也许是这个节目最大的亮点。

参加的歌手大多是成名成腕的人物，看他们如何圈定市场，如何找准定位，如何面对失败，每一个表情、每一个眼神、每一次唇角的抽动，都在十几台摄像机前无所遁形。

也许这个才是观众最爱的点吧。

说到已经结束的第一轮竞演，我说这就是一场职场大PK（对决）。几个朋友都不太明白：娱乐圈的事儿也能搞到职场上去吗？

别急，听川叔和你唠唠。

【张靓颖PK黄丽玲　新人的角逐上位战】

职场里人人都要出头，也许有人会说："切！老娘才没那么肤浅，我就想做一个安静的美女子！"

那么，亲，你就别半夜网申使劲儿刷啊！你就别拿着简历提早半小时去等面试啊！

这个时代，如果你没有一个可以帮你落实工作的爹，或者一张倾国倾城的脸，找工作这种事其实比高考还难啊！

因为不但PK成绩，还PK脸、PK表现啊！

让什么岁月静好见鬼去吧！

群面，你需要给人留下深刻印象。入职前三个月，你要有亮点，有成绩。

这些靠什么？当然是靠你努力的决心，外加一点点小技巧！

这一点，张靓颖真的是新人 PK 赛的典范，为什么呢？

从妆发、状态到选歌，其实这个妹子都暗藏了心机，马力全开。

不论是台下“女神女神”的齐声呼喊，还是《饿狼传说》那个嗷嗷开场，上一场还静如处子，下一场就动如脱兔，在一哥孙楠和一姐韩红这俩高音王的面前，所谓的“海豚公主”完全没有优势。

所以，避其锋芒走颜值，攻其薄弱走热舞。

至少我年轻啊！我美貌啊！我可以跳舞啊……

职场新人第一课就是，及早给自己找到一个标签，让人印象深刻。

这个标签尽量是偏正向的，比如及时、执行力好、效率高、性格开朗等。

也许有的妹子会吐槽，这不就是耍手腕的心机婊吗？

抱歉，其实我一直都觉得每个人都有正向和负向、外向和内向的双重元素，不同的只是你选择先把哪一面展现给别人看而已。

这就好像你面试的时候，一定会把自己捯饬得人模狗样！

我们都希望把自己最好的一面展现出来，不是吗？

那么，你把自己最正向、企业最需要的一面展现出来，这是心机吗？

这不过是聪明的百分之一而已。

新人进入一个新团队，要迅速确立自己的位置很难。

太多人都喜欢默默地躲在角落，一些火象星座的人想迅速占领位置成为引人注目的焦点，通常会因为太过嘚瑟而先被烧死。

所以，学学女神张靓颖的小技巧，借别人的嘴证明自己的魅力，然后不和一哥一姐硬碰硬。我把面子留给你们，我寻找自己的另外一个落脚点。

诚然，一个唱慢歌的姑娘去挑战快歌，这是非常难的一个要求，就好像让一个内向的人去挑战每天跟人笑和打招呼一样困难，但是你怕什么？

你还年轻啊！你是新人，你有何可惧！

反观黄丽玲，基本就是职场新人卡位战里让人警醒的教材。

标签模糊，记忆点不突出，是她最大的硬伤。

赛前采访的时候，她就知道自己可能观众基础不牢靠，那么如何迅速亲民、拉近距离应该是首要任务，但是她这一点做得并不好。

之后更是和一哥一姐比高音，沦为炮灰也是难免。

这种职场里的新人，如果是才毕业的尚可原谅，但如果是工作两三年的人，去了一个新环境，不但找不到自己的一个定位，短时间内还不能体现自己的特色，那么 90 天的试用期真的是岌岌可危。

尤其是你的专业能力在团队里不是佼佼者的时候，更是让人觉得压力巨大。

一个优良团队里进入一个新人，你要迅速找到自己可以为这个团队贡献什么，并且强化这个差异。

如果大家都是冲锋型选手，你能做后卫吗？如果大家都是策划型选手，你能从执行下手吗？

确定了位置，能不能迅速转化和调整自己，这要看你之前在其他职场经历时的自我练习。

也许有的人说，我一辈子就只会这一种方式。

那你硬碰硬不就是头破血流准备出局吗？

【孙楠 PK 韩红　新晋管理层的擦枪走火】

一哥一姐的大比拼，往好了说是棋逢对手，往不好了说是看谁输得起。

赛前采访韩红的时候，她就说得很实在："我既然来，就代表我输得起，你们不就也想看看，我韩红要是被淘汰了，我会怎么样吗？"

坦白地说，韩老师在上一季选秀里导师风格大气磅礴，让我一度非常反感。她经历几届导师洗礼后，已经完全明白电视节目的精髓，这次的这番言论多少让我"路人转粉丝"啊！

两个人都个性鲜明、资历深厚，也算是美名在外。

那么如何给予观众新鲜感？这是最重要的东西。

两个人的 PK 更像是职场里空降的管理者。

企业重金挖宝，你上任之后提出的东西一定不能常规化。

因为常规就意味着，你的价值在打折。

这对企业来说，可能是分分钟巨大的损失。

韩红和孙楠的表现都让人觉得眼前一亮，既有亮出自己实力的经典歌曲，也有让人耳目一新、不太为人知道的老歌。两人在这方面的较量不分伯仲。

【古巨基 PK 胡彦斌　示弱和不服输都是职场必杀技】

古巨基和胡彦斌的对决是职场里主管的厮杀，主管上位不论是老人晋升还是新人空降，都会遇到两个问题：第一，管理者身份的转变；第二，初来乍到，新团队你要如何打理。

不服管、有纰漏，怎么办？有时候，也许尝试一下卖萌和示弱，说不定会有用。

管理下属，更多的时候是带领下属、信任下属。人无完人，当你自身出现错误的时候，勇于承认一定是最早挽回局面的办法。

如何带着领导身份去团结下属？过分亲民会很容易被欺负，不亲民又没办法展开工作，这是从员工到管理层都面临的尴尬。这个尺度的拿捏，我至今还在寻找平衡。古巨基提供了一个很好的范例，那就是——承认自己的弱项。

向他人展示自己的短板，给下属以空缺补位的机会，也许看似一着险棋，但是搞不好也会收获巨大的转机，而且说不定团队里就有很多类似张靓颖那种做好了准备、随时希望出头并且希望被委以重任的员工呢？

那么，为什么不给他们机会？

如果工作都让下属去做了，那么领导做什么？领导要放宽更大的视野，强化个人魅力。

在下属做策划的时候，你要想规划；在下属做眼下的时候，你要想未来。

在下属做实事的时候，你要找资源；在下属做出好成绩的时候，你要给奖励。

强化个人的专业能力和更大的视野，这无疑是领导力的一个重要特征。

发挥自己擅长的并且突显自己的价值，在这一点上，胡彦斌把唱和创作有机结合起来了。

虽然川叔对于他青筋暴露的高音不敢恭维，但是如果从突显专长这一点来说，我觉得至少他做到了，搞不好日后还会让人更期待他的改编和演绎。

【别做 B 级员工陈洁仪　淘汰是迟早的事】

虽然导演如此爱她，我自己也很爱她，但是陈洁仪从一开始就说，唱歌不能拿来比赛。那你为什么来？

什么市场都有各自的竞争规则，唱片市场和职场并无两样。

也许歌手是被团队保护得特别好，所以你安心做个与世无争、岁月静好的美女子就够了。

但是唱片公司要赚钱，公司发展需要运作，演唱会需要票房，所有的这一切都需要和商业运作挂钩。
想单纯做自己的人，要么就是有资本的人，要么就是真的特别强大的人。
A 类是高能力高热情，B 类是高能力低热情，C 类是低能力高热情，D 类是低能力低热情。
这四类人中，A 类是最值得培养也是最容易晋升成领导型的员工，D 类是最应该被淘汰的员工。
当时做的选择题是，如果在 B 类和 C 类里必须淘汰一类，你会选择谁？
我选了 C，结果这是个错误答案。

因为我认为没有热情的人可以调动热情，但是其他大多数同学都选了淘汰 B，因为他们认为，没有能力可以通过培训和进修去弥补，热情则是最难调动的。

换句话说，如果这个人不想来，你逼他来，那他就很难融入。

B 类员工多数是企业的老员工，他们可能会遭遇自身发展的问题，造成了上升遇到瓶颈，于是就卡在那儿，最后自暴自弃。
有能力，但是不乐意承担，拒绝新的东西，不希望失去已有的，所以很容易对新崛起的力量进行扑杀。
这就是老员工的害处。

我学习完这个，始终都以此提醒自己，不要变成企业最大的负累。

所以，陈洁仪这个类型的员工，在企业里待久了，热情度下降；在钱和权也许都无法满足的情况下，就失去了斗志。最后就是上升很困难，而她不升上去，别人也上不去。
这才是最要命的所在。

那么淘汰，甚至挥泪斩杀也许就很必要了。

最终小结一下：做员工要想夺目发光，先要审时度势，找准自己的位置和出发点。也许你不一定要做团队里最闪亮的，但是先做到最被需要或者最得力的助手，积极扭转自己的定位，不要总给自己设限，说自己是否擅长什么，要勤做练习，其实所有的不擅长都可以通过逐渐适应而最后改变。
空降兵的高管，要有惊喜，有成绩，保持特长，还能有所不同。
新团队主管，要打造自己专业的高度和广度，集中化自己的标签印象，适当尝试卖萌和示弱，会更容易赢得喜爱。
最后，新员工、新主管、新高层，在你们变成“老油条”之前，随时提醒自己，停止向上的发展和你的企图心，也许就意味着要被淘汰出局。

你看，这就是川叔在《我是歌手》里看到的关于职场的那些潜规则，不知道你记住了多少呢？

第 三 章

# 爬坡、向上，只是一个时间的过程

## 用委屈撑开的长大——写给那些怀揣玻璃心的岁月

少年时代意气风发，做人说话都难免气盛，接纳现实，承认失败，从天上落到地上，这是一个特别痛苦的过程。
有人用了很短的时间，有人却用了很久……
那么我呢?

如果说去人生地不熟的南方，是我的一个决定的话，我得说这个决定并不冒失。
我大学毕业之前就想：我要走得远一点才行，一来是不给自己想家的机会，二来是断了后路，我才能安下心来。

那时候，北京是我最后的退路。我从一开始就很怕来北京，因为北京离家很近，几个小时的车程，万一受挫了、被骗了，我边哭边坐车回家，估计泪水还没干就到了。

我觉得这不行，你开始不对自己狠一点，后面一定会有更多让你哭的事儿等着你。

这一点，我始终都这么想。

所谓坚强，其实就是你熬过了最难的事儿，那么以后你就会安慰自己：再难也不会比那时候更差了。

经历过最差的低谷，你才有了承受能力，然后爬坡、向上，这都只是一个时间的过程而已。

去南方之后，我的第一个决定就是不同意当时面试的那家学校的霸王条款，这件事的代价就是之后一个月里找不到工作。

幸运不会天天都降临，煎熬、被否定、苦闷、迷茫，甚至金钱上的压力，都是随之而来的连锁反应。

阴错阳差获得的入职机会，总会有一种否极泰来的狂喜。而第一份工作遭遇到了吃不了的苦，一个月只有两天带薪假，还被建议最好不要休息，每天早中晚三班，从上午9点到晚上10点的上班安排，做的不是自己喜欢的设计，而是自己最不擅长的成本预算，整天在各种数字里算来算去，这种看不到希望的坚持，总会让人分分钟想逃离。

当时最大的想法就是，离开这个人生地不熟的地方，离开这个自己不喜欢的职业，哪怕代价大一点都没关系……

北方公司的面试通知带来的是离家近和自己喜欢的设计工作，这个通知宛如天堂来信一般，满足了我所有的许愿。这种盲目欣喜让我忽视了工资少了近一半的差距，还自我催眠说，只要是自己喜欢的，哪怕钱少都可以啊！就这样兴冲冲地回家了……

带着南方几个月的所谓经历以及唯一存下的一点儿车票钱。
其实，那时候没有任何长进。

回来受到的第一次打击就是，公司并不如我想象的大，家族企业注定了没太多的发展空间，同事之间算是和平相处，睡在公司阁楼的地板上，依旧周六、周日无休，每月两天带薪假。
好在因为经历过，所以更能熬得住。

一个月后调往总部，最大的感觉就是人多嘴杂，办公室斗争严重，裙带关系复杂。
住的条件艰苦，专业经验不足，人情交往不到位，被否定，没有自信，严重焦虑，不知道自己的未来在哪里，甚至一度都找不到向上的动力。
所以，现在有的时候，我很理解那些给我写信的朋友的心情，因为我当年也是从这样的迷茫中熬过来的，那时候非常希望有个人陪我说说话，哪怕是骂我、说我没用都好。

那段迷茫期真的非常难熬。

之后遭遇的打击就是发现自己的工资真的很少，以前你觉得为了理想，钱不是问题，后来你才知道，不论啥时候，钱都是个问题。

烧锅炉的老大爷笑着说："啊？你一个月才 800 元，我一个月还 600 元呢！咱俩也差不多嘛！"

那个时候，留在心底的不仅仅是失败，更多的是自我厌恶……

之后最大的打击来了……

那是我刚搬到设计室住的时候，虽然那儿暖气充足，但是要早早起来，以防别的同事来设计室自己还没起床，那会很尴尬。

起床之后，洗漱完毕，食堂的饭菜都还没有好，我就利用这段时间去跑步锻炼，这本来是个无心的动作，却被公司的总经理看在眼里。

公司的总经理是董事长爱人的姐姐，当初也是她把我招聘进来的。

某一天，她一早找我，说有点儿事儿交代我办。我当时还猜想，是不是看我最近很努力，设计稿也被老板频频看中，要给我提前转正加点儿工资。

所有的美梦都是用来被打碎的，异想天开最适合的就是冷水浇头。

总经理用一副长辈关爱的眼神看着我说："听说你最近每天都起来

跑步？”

我点点头说：“嗯，最近因为搬到设计室去住了，所以早点儿起来，别耽误大家工作；另外是觉得冬天多运动一下，省得感冒。”

“那么我有个事儿可能要拜托你一下。”

“啥事儿？您直说就可以。”

“咱们公司烧锅炉的那个老大爷，最近因为快过年了，所以提早回家了，现在锅炉都是老张帮忙照看。”老张是我们老板的司机，平日里还帮着处理一些送货之类的杂事儿。

“我看你这孩子也勤快，最近起得又早，本来烧锅炉的大爷每天早晨还负责把咱楼下的自行车摆好。咱工厂女工多，几百口人，人人都不自觉，弄得那车棚特别乱。你看你现在反正早晨也没事儿，就帮着摆一下自行车，等年后烧锅炉的老头儿回来再替你。”总经理一副慈眉善目的表情说着这事儿，我听后的第一感觉就是屈辱。

你会有那种感觉吗？尤其是在才毕业，刚刚工作的前期，你总会觉得为什么这个世界上会有那么多“不公平”！

前一阶段有个网友给我写信，说她进公司之后，发现自己没有工位，被安排到打印机旁边，和一堆废纸坐在一起，她觉得自己好像低人一等。

我说，我特别理解那种感受……

有时候，正是因为我们知道自己是新人，自己什么都没有，所以才会更渴望遇到一个积极向上的领导，一个和谐温暖的环境，一份维持温饱的工作，一个相对公平的待遇。
我们总是觉得自己要得并不多，而生活总是一次又一次地告诉我们，其实我们索要的这些都是奢望。

正是因为什么都没有，所以才更怕被人看不起。

我忘记了我当时是以什么样的表情点头的。
我这人个性很懦弱，尤其是当时又没什么自信，我不敢去顶撞领导，说我不做这个。
但是真的去做的时候，我又觉得厌恶得不行。
我是全公司唯一的本科毕业生，其他的两个设计师一个是专科毕业，一个是成人自考的学历。工人们都觉得我们做设计的很神秘，整天不用干活，只是画几笔就可以获得认可，现在被使唤得和劳力没什么区别。我内心里那一点儿小小的骄傲，终于在这个命令面前变成了齑粉。

我记得第二天下楼的时候，有的职工骑着自行车来，看到我在摆自行车都很诧异地问我，开始的时候我还解释，渐渐地，就索性说："唉！领导让干啥，咱就干啥呗。还好没让我去烧锅炉！"
就是在那个时候，我决定离开那儿，等到一个合适的机会，我一定会走！因为这里不尊重我。

新人在怀揣玻璃心的时代，总会强调一个词，就是“尊重”。其实那些是当你面向社会的时候，留给自己的最后一小块遮羞布，而生活往往会展现它最残酷的一面，将它彻底撕掉。

你终究要学会坦然、赤裸地活着。

放弃自尊也好，委屈妥协也罢，其实这并不是所谓的打击，而是一种磨炼。

因为你要面对的是残酷生活的本身。

它，就是这样，你不让自己强大，就没办法在这个尔虞我诈、竞争惨烈、残酷和温情并存的世界里生活。

扛得住原来你接受不了的，这就是长大。

后来，我在广告公司也遇到过一个实习生有类似的情况。因为她辈分最小、经验最少，所以大家加班的时候很喜欢让她去订餐。直到有一次，她忽然一脸阴郁，眼含泪水地反抗说：“我不做！我是来实习的，不是来给你们买盒饭的！凭什么让我做？我不做。”

瞬间，大家都很尴尬。几个同事都诧异地看着她，后来，其中一个同事哈哈干笑了一下说：“来来来！今天我请客，大家想吃什么告诉我，我去买……”

第二天，那个实习生没来上班。她决定放弃这里，不再来了。

很多前辈也许会说，订个饭而已！又不是要你请客，而且你还可以借机了解一下每个人的口味，举手之劳嘛！这不是挺好嘛，这就是新人，太矫情了。

我自己因为早年有过这种“屈辱”的经历，所以我深深地理解她的心理活动，但是又觉得她失去这个机会有点儿可惜……

每个人都希望初入职场就能受到善待，被人肯定、被人夸奖、被人教导，但是总会有被骂、被责罚，甚至被冤枉的时候。这些就是生活这个残酷的家伙，拿着小锤一点一点地敲打着你的心，总要把你最脆弱的部分打碎，你才能逐渐学会坚强面对。

有的人很倒霉，他们遇到的是一记重击，之后玻璃心破得粉碎，所以恢复的时间也无比漫长。

有的人很幸运，他们获得的小敲击和赞美是并重的，所以他们往往是边被鼓励，边拔出那些伤害的碎片。

你总要给自己一个破碎再复原的过程。

也许夸奖会让你自信和被肯定，但是，你所有的提高和转变，大多是伴随着失败和屈辱的。

心胸是被委屈撑大的，长大的这条路，委屈是必不可少的调味料。

我在摆自信车的那段日子里，曾无数次地嘟囔着：“你觉得你们让一个大学生摆自行车合适吗？你们就是这样尊重人才的吗？”

其实，尊重不是别人给的，是你自己挣来的。

那些尊重不是来自你身后的学历、家长、关系，而是来自你在这里的获得和成绩。

人才是需要价值来体现的，在你还没显示自己价值的时候，你其实就只是一个摆自行车的、订盒饭的。你希望被人重视，那就用行动好好去做！如果你眼下需要这个平台或者看重这个平台，那你只能从最基本的贴票据、订盒饭、买咖啡开始做起……

也许你觉得这些是屈辱，也许你觉得是不尊重，但是如果这些你都忍不了，后面更残酷的人生，你要拿什么来面对呢？

你只能敲碎玻璃心，让自己换个角度去想，熬到那个能体现你实力的机会。等到有一天，大家发现你不但可以订盒饭，还可以提出新的点子，做出完美的执行，拥有一套 PPT（演示文稿）美化的法宝，你才能被人肯定和需要。

没人能给你鼓励，你能依赖的只有自己。

用不服输的态度去生活，用委屈撑开长大。

# 别说自己压力大，你只是心太窄了

3月真的是忙得马不停蹄。

3月2日正式复工上班，接着就开始在紧张焦灼的氛围里准备年会。

4日，突然接到了拍摄任务，当天赶快进行沟通工作，提前制订拍摄计划。当然，这期间因为自己内心已经认定是不可能完成的任务，一度情绪负面，又因为第一轮沟通就陷入僵局导致情绪大崩溃。关于这件事，我在《别拿压力当借口》这篇文章里还会写到。

6日，要拍摄董事长最后的采访，这期间接到了电话，奶奶去世，周日要下葬。

但是周六已经安排去午歌的活动站台帮忙，周日安排了一天的拍摄。
第一次觉得心力交瘁。

平复再平复心情，做最后的统筹工作，最后一轮电话确认周日拍摄人员的到场时间，回去的路上觉得肩膀上沉甸甸的，一句话都不想说。
午歌知道之后说："要不取消吧？我明天和大家解释一下，毕竟你这件事是大事。"
我说："我懂，没事儿，我想好了。"

奶奶走得很安静，她一直都说，不能给大家添麻烦，不能死在正月里。
她一直熬过了凌晨，才咽下最后这口气。
我不能辜负她所有的努力与期望。

周六活动现场，我努力调动情绪，帮衬环节串场。之前场地负责人说："你自己也出书了，你怎么不把自己的书放上去宣传一下？"我说："这不太好，毕竟是午歌的主场。"直到最后，我的那本书也没拿上去。
因为提前打好了招呼，所以进入签售环节我就匆匆出门，赶快回去。

进了家门，磕了四个头，烧了一把纸。
安慰了一下家里人，等待亲戚散去后，我又烧了一把纸，念叨了几句。
眼泪在眼圈里打转，最后憋了回去。
之后返程。

我在朋友圈里写道："奶奶，您一路走好，最后的这一程不能陪您走，但我知道这是您所期望的。"

然后看到有不太熟的好友评论："亲情大于一切，你这就是不孝。"

我默默地点开他的头像，加入黑名单，删除。

周日一早开始拍摄，调动优秀员工以及拍摄团队配合。

导演说："他们可能需要你引导一下。"

我说："我今天精神状态不好，我试试看。"

第一个拍摄对象就让我受挫，她面对镜头非常紧张，越说越快，最后导致记不得词，总是卡壳。

我先让她平复一下，然后在楼梯间坐了一会儿。

导演问："要抽根烟吗？我看你眼睛红红的。"

我说："我一晚上没怎么睡，不抽了，喝杯热水就能补充能量了。"

我站在机器背后对同事说："你就看着我，把你这一年的收获、总结、成绩分三块说。我们不着急，一块一块地说，说得不对就重来一遍，没关系。"

然后，拍摄成功。

下午1点，拍摄我自己的得奖视频。

我站在那儿对着镜头，说着说着，忽然觉得眼前发亮，周围的一切有些晃动。

我和导演说：“抱歉，我可能有些紧张，我们能换个角度，坐着录吗？”

下午 3 点，转场拍大团队，30 多个人的拍摄，要来来回回走 1.2 公里，彩排了几遍之后，我终于头昏眼花，不得不坐在门口喘粗气。

正值倒春寒，我额头上全是汗，衬衣的后背早已湿透了。

9 日，开始密集制作公司大事记回顾。

十年的历程，要在一个短片内展现，从素材到台词都要一一把控。

春节之前采访了 14 位高管，发来的采访手记超过十一万字，我要把十一万字精简成一万字，还要做到有线索、有条理、有脉络。

深夜 12 点，我离开公司坐上车的时候，司机慨叹说：“你们这加班也太晚了！”

我有气无力地说：“今天只是一个开始，我要一直加班到周五。”

10 日，女主持人需要进行颁奖环节的串词彩排。其实所有的彩排都是为了让自己安心，为了把紧张程度降到最低，我把得奖人视频的意见一一梳理完毕，返回给制作方之后，就已经没有时间吃午饭了。

饿着肚子和主持人串完词，确定好流程以及要点，刚想下楼买个面包，领导就来了，告诉我大事记的初稿有调整，要赶快修改。

11 日是周三，距离年会还有两天，临时有现场物料需要增加。下属小心地试探我说：“这个文案只有您能写，因为您对得奖人最熟悉，您看您的时间……”

我说：“今晚一定给你。”

12 日是周四，联欢晚会的其他三个主持人无法都到位，只能到现场彩排的时候再碰。我约到了其中两个，进行基本的串词、修改和彩排。修改的大事记再次被枪毙，执行团队在这个上面找不到调性。我耐着性子沟通问题，据理力争地再一次明确原则，然后调整方案，按照时间线索重新寻找新的素材，满足视频播出需要，临了还不忘打气说：“没关系，明天是最后一天了，肯定不会再修改了！加油！”

13 日是年会前的最后一天，以往的这一天就是物料运送、现场彩排、沟通环节，但今年的这一天格外紧张。下午，熬了两夜的执行方把大事记的终稿文件递给我。

我说：“上楼坐一会儿吧！还要等领导的回复意见。”

她说：“不行了，就是有意见也没时间修改了，你们明早就用了啊！”

下午两点，领导看完开头还是觉得不行，素材衔接有问题，之前设想的形式没有百分之百体现。

我觉得我的头“嗡”地炸开了。

头脑中迅速搜索补救措施与办法。

最后和执行方沟通，还是要修改。执行方再三强调，可能要凌晨3点才能生成文件。

我说：“没关系，我让司机去取。现在的决定方不是你我，所以我们能做的只有按照要求返工。我理解你目前所有的情绪和压力，但是我们已经做到了90分，现在还有时间和精力，为什么不努力做到100分呢？你试试看！再试一次，最后一次。”

晚上7点，我从公司出发去现场，路上睡了很深很长的一觉，之后紧锣密鼓地进入现场彩排环节。五个板块，一堆流程，每场的主持人都有我。我对自己说，过了今年，明年这些新主持人就可以尝试自己独挑大梁或者是可以尝试主持严肃一点儿的环节了。也许我就该收山了。

凌晨3点，司机发信息说，已经拿到最后的成稿视频。

我躺在床上吐了一口气，说，没事儿，最危险的时刻都熬过来了，不会有什么机会让事情变得更坏了。

14日主持现场，开篇执行方就出了纰漏。我一直按捺着内心的怒火，提醒自己淡定一些，再淡定一些。

上午两个大环节虽然有小缺憾，但也算是圆满成功。

下午的颁奖环节超时严重，也许是被片子所感染，也许是因为这一年大家都不容易，每个得奖者的发言从原本预计的一分钟都延长到了五分钟。

我反复和现场灯光师协调，面光灯开得太大了，感觉自己在台上已经被烤熟了，汗流浃背。最后依旧无果，只得忍耐。

轮到我得奖的环节，女主持人采访我。我忽然忘了原本准备的得奖词，然后就想起了临走那天对奶奶说的那番话。

我说："今天我不能陪您走完这最后一段路，还有那么多家人可以陪您，但是公司那边有30多人等着我去拍摄，我不去，他们就没办法进行。您常教导我，答应别人的事，一定要做到！我一直记得，其实我并不知道什么叫作责任感，我只是深深记得这句，答应别人的事，就一定要做到。"

15日是周日，休息一天，之后全身酸痛，开始发低烧。

16日完全爬不起来，不想动，请假一天。

我把私人记事本上所有和工作有关的内容都撕去，不是代表和过去一刀两断，而是因为我知道接下来还有更多的事情要从头开始。

我躺在床上睡一会儿，醒一会儿，头昏昏沉沉，全身酸痛。

我盘算着自己接下来的工作任务，20日之前要出杂志，我还有两篇专访没有写，那么采访放在什么时候合适？28日之前，我还需要交两个大报告，下个季度的计划，这个季度的总结，哪天完成？然后这个季度就结束了，马上要进入季度末部门考核评估阶段，感觉没有什么时间可以休假。

对了，这个月我的新书出版了。我还安排了一场天津商业大学的演讲，需要确定时间、核对流程、制作 PPT，这个沟通要在几天内落地？我还希望可以带去一些公司的推荐名额，已经对接了几个公司，如果要完全落实这件事，需要几天？

脑子实在不够用，赶快爬起来，抓了本子在上面一一写下这些工作任务……

曾经有人问我："为什么你能那么努力，就好像在拼命一样？"

我说："我没觉得我多拼命，我只是希望把事情做好。"

在你可以做的时候，为什么不让自己做好一点儿呢？

这些辛苦、劳累、付出，都是我选择的，不论我情愿不情愿，我都要去背负，然后努力完成。

少年时代，工作太少。我觉得空虚，觉得活着没意思，仿佛现在的样子就是我十几年后的样子。

后来大一点儿，工作很忙碌。我觉得压抑，脾气不好，甚至很容易暴怒，因为总是不希望现场出现纰漏，更无法原谅自己的过失。

不知道从什么时候起，我出门前习惯性地看看镜子，然后不断地调整自己的状态，让自己达到一个最佳状态。

不知道从什么时候起，我可以控制自己的情绪，不害怕变化，甚至能够从容地面对变化。

也许，是我的心在不知不觉中变大了，内心变宽广了……

当你负责一件事的时候，你觉得有压力，因为你害怕失败。

当你负责一件你做过的事，还额外负责另一件事的时候，你觉得有压力，因为你怕顾此失彼。

当你负责三四件事，既要协调外界，又要兼顾团队，既要身先士卒，又要顾全大局的时候，你必须学会寻找一个平衡点，全盘把握。

每一次尝试，都会让自己越来越游刃有余。

而每一次意外，也都会让你有所总结与收获。

最重要的是，这些就好像是一场场挑战的练习赛，让你可以逐渐从弱变强，循序渐进，让你可以了解自己，增强自信。

当你的心变大了之后，你会接纳很多事，包括繁重的工作列项，包括成功与失败、付出与失落、背叛与欺骗，甚至是挫折与低潮。

因为你会越来越明白：你是谁，你会什么，你能做到什么程度。

这些都会成为自信的来源。

焦虑、不安，甚至是恐惧，它们带不来什么好运，但是会带走你的自信。

在你没办法战胜的时候，只能选择彼此和平相处。

既不要让它们带着你跌入深渊因而崩溃，也不用尝试用压制的方法去消灭它们。

就这么和它们挤在心的房子里，有一天，你长大了、扩大了，它们就自然缩小了……

# 如果你的直属领导是蠢货，你会怎么做

我的好友呆呆在一家大型的龙头企业任职，从入职那天起，她对自己上司的抱怨就与日俱增，从觉得他有点儿蠢到最后觉得他真的是蠢到家了。

吐槽这种事情有时候会传染，就好像负面情绪一样，所以我不得不及时打断她，防止这种负面情绪蔓延过来。

我常常对她说："请问如果你是老板，你觉得你用这么一个愚蠢的人当头儿用意何在呢？"

她就不无嘲讽地说："因为他会说话啊！很听话啊！嘴巴甜啊！会拍马屁啊！"

这种情绪化的回答，其实只能说明她没有认真思考。我只能重新再问："你们的大老板好歹也是见过世面的人，什么样的人有才，什么样的人只会动嘴，我觉得这一点他一定比我们都分得清楚。用一个蠢货当领导，这是需要企业付出代价的，所以我觉得老板用他在这个位置上一定有更深一层的考虑，所以你要尝试去发现。"

如果你总带着一种看傻子的态度去审视，搞不好最后你会发现，自己才是最傻的那个。

隔了一段时间，呆呆负责项目的一个公关活动，需要先制作一个活动方案的 PPT 为大领导提报。她按照常规的方式，把做好的 PPT 发给直属领导，直属领导也没说什么。到了提报的当天，她发现领导只是把她的方案做了一些修改，就向大领导去提报了。

这件事真的是让她气炸了，觉得自己的功劳被领导抢了，又开启了吐槽模式，机关枪一样地向我袭来。我把两份 PPT 进行对比之后说："你没发现你们领导调整之后，PPT 不论是配图还是逻辑，都更专业化了吗？"

呆呆则解释说："那是因为我整天都在忙啊！当然没有空去找更好看的配图啊！"

这种看似底气十足、理所当然的话，其实我早年也说过。
所以，我非常理解她此刻的心情和内心的盲点。

我耐着性子问她："你觉得 PPT 是什么？其实一个活动方案的 PPT 就是一个广告，你需要给老总展示的是未来也许会出现的场景，这种可能和预期当然是要使用最好、最恰当的图片才会有效果。没有震撼力的东西，大老板怎么会拍板认可呢？现在你看看你的上司帮你修改的 PPT，是不是显得更老到、更上档次？是不是比你之前的更符合老板的口味呢？"
呆呆愣了一下，这次居然没有回嘴。

很多做下属的人因为陷于执行，所以很容易一叶障目，有了一些成绩之后，就居功自傲。
有时候，我们不喜欢直属领导，可能只是不喜欢他的性格或者他的处事方式，看到领导去拍别人马屁，就觉得厌恶得不行，从而全盘否定对方的专业及人品。岂不知，那几句马屁的轻重都需要你去练个几年。

每个人都有各自不擅长的一面，你欣赏也好，不欣赏也罢，目前他是你的上司，这是改变不了的事实，而且，你最没办法改变的就是他！
很多人苦恼，是因为对上司心存期望，总觉得他是上司啊！他不能那样啊！
对不起，除了是你的上司，他首先还是个人！只要是人，就会有优点和缺点。

所以当你产生这种逆反心理，甚至是已经下了判断的时候，先问问自己，是不是自己被愚蠢冲昏了头脑，没找到对方的闪光点呢？

你先入为主地把对方当蠢货，从而错失向他学习的机会，结果就是，可能你不但是个蠢货，还是一个盲目自大的蠢货。

那么问题来了，当你真的百分之百确定了你的直属领导就是一个十足的蠢货，他可能就是老板的某个亲戚的侄子什么的，要管理能力没管理能力，要专业没专业，那么你现在能做什么？

我觉得首先你能做的就是调整心态。

因为你改变不了别人，如果你想继续在这里待着，就只能改变你自己。

我知道，改变别人很难，改变自己更难，但是至少你要明白，即便上司再蠢也是上司，不要意气用事地硬碰硬，最后导致他处处为难你。

一般来说，这样的局面都是自己作死。

那么你能做什么？尝试让自己去做他的补充，做他所不擅长的。

也许有人看到这一句就已经火冒三丈了：我凭什么啊？

因为他不会，所以你才有机会。

你凭的不就是一个可以获得机会的可能吗？

也许有人会问：给这样一个不称职的上司做下属，怎么忍得住呢？
这就是小孩子和成人的区别。
电影里说，小孩子才分对错，成年人只看利弊。

从一个小朋友向成人蜕化的阶段，你总有一瞬间会变得异常清醒。
也许是成熟到了，也许是经历到了。

你没有被提拔，不是因为你经验太少，就是因为你表现不够，或者是因为领导并不重视这块。
如今领导重视了，却派来一个蠢货坐镇，焦点不是你，为什么？
因为他觉得暂时无人可用。
这时候，你其实要反思的是自己，为什么领导看不到你的表现？
是你的发挥水准太低？还是你的积累和资历不够呢？
如果是经验不足，就要迅速补充经验；如果是发挥不到位，就要找一个机会去表现。这些，都是目前这个你认为的蠢货领导所能给予你的。

如果他是一个乐意给你委派任务的人，那你就要充分利用这个机会；
如果他是一个喜欢把功劳据为己有的人，那你就要充实自己的经验。
因为学会了本事，你还可以去更好的地方发展。
只有当你觉得你的获得大于你的委屈的时候，你才会没那么多抱怨。

# 老好人未必是好人

每次出书的时候，都要给同行以及朋友题名，并写上几句祝福语，这在出版圈里叫作 TO 签。

我在出第一本书的时候去出版商那儿做 TO 签，编辑和我列出了一张长长的名单。快写完的时候，文字编辑在便笺纸上写了一个名字递给我，说这是她的一个朋友，刚来北京，希望我能为她写几句鼓励的话。写了什么，如今我已经不记得了，只记得后来这个妹子加到了我的 QQ。

她躲在我的 QQ 上很久，直到今天，忽然冒出来问了我一个问题：

“川叔，我最近职场关系处理得很不好，感觉特别累，总觉得身边的人是因为你有利用价值才和你做朋友，但我自己又是那种很容易把感情看得很重的人，我该怎么办呢？”

通常周一我都特别忙，回复邮件，写计划，做本周重点工作任务。

本来 QQ 上的这种提问我不太想回，因为大多数人在问的时候都是带有自己极大的情绪，没有经过消化。

消化是什么？是事情过去之后，自己回溯过程，顺带问自己几个为什么。

这些为什么中，有哪些问题你可以自己回答？有什么问题是你真的没有答案？真的需要别人的帮助吗？

我为什么会喜欢写信这种方式，很大一部分因为这是一个自我消化的过程。

我始终把请教这种事看得很神圣。

问别人问题之前，你要先知道自己有什么问题，你能好好叙述这个问题吗？

太多人喜欢把提问当作一个 24 小时便利店，他们喜欢那种开启即食的东西。

所以才会有人问：“川叔，你说我到底是选 A 还是 B？”或者：“你能告诉我，我现在要去哪家企业吗？”

这种问题的问法其实有点儿像算命，对回答的人来说，他不需要对结果负责，但对问的人来说是一种自主思考的消磨。

问别人，是先自我梳理的过程，你只有真的去总结、比对，这样他人的回答才有参考价值，不然，那个答案就只是一个答案而已。
你知道了答案，不知道过程，下次你还会问个没完。
所以我不喜欢提问。

但今天不太一样。
我看完她的提问，在对话窗口里写道："我周一可能有点儿忙。"写完之后，又全部删除了，我决定空出一段时间来和她聊聊。

是什么样的遭遇会让人觉得自己是在被人利用呢？
"利用"这个词其实很刺眼。
"坦白地说，很多人都有一个共性的心理，就是大家很少和废物做朋友。所以，其实你觉得你被人利用，不过是因为你有被利用的价值。"我对她这样说。

很多人都觉得川叔很犀利，其实……我一开始的时候都很温柔。
肯定和鼓励对方是聊天的基本条件，也是沟通的基础。

要不要和利用你的价值的人做朋友？这个选择权在你，而不是在别人。
如何学会拒绝他人？这是你要上的一门课，但这并不能阻止那些利用你的人接近你。

只要你在这个位置上，就一定会有人因为这个位置想认识你，所以别为那些理由苦恼，没什么用。

如果他日你发现原本的好友、闺密，其实也是看中你的价值在利用你，那你也没什么可伤心的。

因为这不是别人居心叵测的问题，其实只是自己瞎。

分清楚他人的事和自己的事，知道你自己能决定什么，不能决定什么，你就能轻松很多。

“难道就不能简简单单做个朋友吗？”妹子开始继续哭诉，“而且我这人不太懂拒绝，只要朋友或者同事开口，我都会去帮忙，结果就是事情接了一堆，我好累啊！嘤嘤嘤……”

很多妹子都这样，一旦有人安慰，就会立刻进入怨妇模式，开始大倒苦水，这时候犀利的川叔出现了：

“这位妹子，你先淡定一会儿，不要陷入职场新人被迫害的玛丽苏剧情好吗？你这种不懂拒绝、一直干活的人，被称为‘烂好人’。一般来说，喜欢在职场里做‘烂好人’的有几种情况：第一，自卑。怕别人觉得自己没用，所以逮住什么都接。第二，蠢。不会说话，不会拒绝，怕得罪人。第三，装×。一开始进入新的集体想装人见人爱的小白兔，过了一段时间，发现大家真的不客气，就觉得装不下去了！”

妹子连忙赞同说：“对啊！没错，我就是这样的人，我除了不装×之外，其他的都特别对。”

我叹口气说：“亲，那你刚刚说的被利用什么的，该不会就是说你不懂拒绝这件事吧？

“如果你说的是如何不做一个‘烂好人’的话，我只能刻薄地告诉你：有时候让你做东做西，一部分原因可能是你好说话，还有一部分原因可能是你只能且只会做那些。这就好像让你帮忙打印、扫地、倒水……是因为除了这些简单的东西，你暂时做不了什么高深的、带有技术含量的工作。

“如果情况是这样，那就别玻璃心加苦 × 地问：‘为什么大家都在利用我？’别总以为自己是灰姑娘，因为在他们眼里，你就只配当一个扫地、倒水的人而已。你有多少经验？有多少资源？你有多少客户？见识过多少方案？有资源，有经验，这就是价值。

“在你还没找到自己最牛 × 的玻璃鞋的时候，在你还不能在会议上做出最牛 × 的发言，给出最牛 × 的创意之前，你现在只能先选择做一个‘烂好人’。这没什么可抱怨的，这就是好像刚刚分清你我的标准一样，这是你‘自己瞎’的问题。

“也许现在的你只配做一个老好人，那么就要学习先从来者不拒到开始慢慢筛选，这也许很累，但是成长最快。如果你一年的时间把别人三年的活儿都做了，也许就是最大的成长。

“当然，接得太多，自己做不完，需要深夜加班什么的都是必须承担的。但是，接得太多，贪多嚼不烂，最后做得一团乱，那是找死。因为讨厌某人，自己又不会拒绝，就故意做烂，那只会死得更快。做一个极品老好人的原则是：你要么别做，做就做到最好。

“找方法、勤总结，不要总是蛮干。你要相信有些东西的确是没有捷径可以走的，只能靠一点一点地积累，靠所有的时间成本的投入，靠不断地去总结和请教，才有可能带来改变。没量变怎么可能有质变呢？

“先把自己变成一块海绵，去最大面积地吸收，然后在这过程中吸收自己想要的，逐渐拒绝和未来自己发展及兴趣无关的，一点一点地总结、积累、汇集……可能所有人都看不起你，觉得你只会倒水、扫地，只配给 PPT 加背景、做美化，只能待在会议桌的一角一言不发，这都没关系。

“只要你认为，你还没有停止学习，你还可以学会，你还希望能再进一步，做一个不仅仅是倒水打杂的人，那你一定可以通过努力，有所收获。等你有一天积累了经验、开阔了眼界、拥有足够多资源的时候，就应该是别人帮你倒水，来向你请教！”

“嗯嗯，我懂了。川叔，你真的好毒啊！而且针针见血。”妹子在聊天窗口发了好几个笑脸。

我在对话窗口里写了一句“加油”，最后又删掉了。
我其实没什么资格给她加油，因为我曾经就是一个职场“老好人”。

2008 年金融危机大爆发，我从原本的文案被抽调去公关部做案场执行，我在全组里资历最浅。
那一年，我被分派了所有案场执行的工作。大大小小的活动做了两百场。
我不知道什么是宝丽布喷绘，我不知道 LED（发光二极管）的流明是什么意思，我没什么专业基础，除了写字儿，好像什么都不会。我不喜欢说话，不善于和人打交道，在现场，没有人乐意带我。

那一年，我所有的假期、周末都没休息过，因为总会有同事说有事儿，希望我能去帮忙。
我要谢谢那些总是派工作给我的同事，他们让我因此得到了很多的机会。
从帮忙美化 PPT，到帮忙写方案；从帮忙写文案，到帮忙给客户提报；从帮忙负责物料设计沟通，到帮忙收拾烂摊子，做“替罪羊”……
我第一次处理客户投诉，第一次两天两夜只睡过三个小时，第一次被业主刁难，第一次万分诚恳地道歉……
所有的帮忙和第一次，都变成了我日后的经验。

我曾经做过一个十天的答谢会案场执行，从上午 8 点到晚上 10 点对接桌椅、餐饮、乐队等。那时候，我称自己就是个看场子的，感觉这活儿现场谁都能做，我不知道我为什么会出现在这儿，也不知道离开了这儿我还能去哪儿。

在现场的大部分时间，我都很闲。上午10点开始有看房的客户来，下午4点之后，人流开始变少，我除了安排好基本的酒水、点心之外，无事可做。晚上7点，我安排桌椅、餐饮撤场，之后对接轻音乐乐队，安排他们演奏，让那些晚上来的看房人不会觉得现场冷清。当然，晚上这个时间来的基本都是附近遛弯儿的大爷大妈。

我百无聊赖地过了四天，之后就开始在现场和售楼员聊天，聊户型、聊客户、聊定位。到第十天，我已经可以轻松地和路过的人介绍项目的亮点、特色以及基本的户型概况了。

我也曾抱怨过、自卑过，觉得自己不是做公关的料儿，觉得不适合自己，找不到定位。

但那十天的经历让我明白，对一个我不懂的行业，我为什么不能用一种全新而敞开的态度去对待呢？

既然不懂，那就先去做，从最基本的做起，从最简单的做起，你总会有懂的那天。

有段时间，我也会觉得自己是在单纯重复。流程是一样的，但客户是全新的；对接的工作人员是相同的，但到场的业主是全新的。没人要求我一个乙方工作人员必须了解这个项目的基础信息，但是你空闲也是发呆，索性就拿上基本资料研究一下，不懂的地方就和销售请教一下，顺便在前期接待业主吃喝的过程中尝试训练一下你的沟通技巧，这又有什么难的呢？关键在于你是不是想去做。

一个人到底要怎样证明自己的价值？
或许人的价值不需要证明，只要你相信你的价值，然后用一系列方法去发现它，那个过程就好像寻宝一样，或许你会重新认识，原来这才是一个全新的自己。

别拒绝任何机会。
即便日后自己非常忙碌，机会众多，也都让自己做那个可以去选择机会的人。
别拒绝任何成长。
因为你永远不知道，下一个阶段的自己到底是什么样子。

# 为什么大家不乐意
# 给新人机会

每年一到毕业的时候，很多毕业生都会显得苦恼万分，尤其是一些专业相对局限的学生，投简历时好像无头苍蝇一样，以为广撒网就可以捕到鱼，但现实往往是残酷的，网上投无人理，现实选没经验。所以每年一到毕业前后，我接到的诉苦信就成倍地增多。

前一阶段，我有机会进入校园做分享会。分享结束后，做了一次大学生实习机会的推荐面试。说是面试，其实更有点儿像面试指导，一来我是带了近六十个实习职位去，希望可以给大学生机会；二来我也是希望大学生可以提前体验一下面试的感觉，不至于真的临上场的时候怯场。随着来面试的人越来越多，我逐渐发现了一些小问题。

许多大学生对岗位职责和要求并不清楚，甚至有的时候只是凭借自己的热情就来面试了，真的有一种初生牛犊不怕虎的精神。

我并不是说有热情不好，但最怕的是有时候空有热情，不明确要求。

比如，我提供的实习职位里有广告公司文案，很多人并不知道文案是要做什么的，只是觉得会写字儿就应该算文案了。所以当被问起“你觉得为什么你可以胜任这份工作”的时候，有些同学的回答是：“因为我对文字感兴趣。”还有一些人会说：“我一直都在写字儿，而且在网上写过很多博客。”这种答案，除非真的是面试官网开一面，不然，一旦有了解岗位要求的人出现，立刻就会被三振出局。

其实，很多企业对于新人都有各自的衡量标准，因为新人资历浅、行业经验少，所以，常规来说，面试的重点很容易放在你的专业和实习经历上。如果你自身专业与求职领域并不对口，但是有相对集中的实习经验，那么你是不是很容易在一批新人当中脱颖而出呢？所以，到底要找一个什么样的实习职位，其实就是自我设定和谋划的第一步。大学里常有的家教和促销员的工作，不是不能去做，但那些只是了解这个社会最基本的一个途径，它们不能算是你的实习资历，更算不上你计划开始的第一步，顶多是赚个零花钱而已。

我认识一个才大二的女孩，学的是食品质量与安全专业。她很早就决定自己将来并不打算在本专业领域求职，所以她每一年的寒暑假都在积极寻找实习机会，最后她把新媒体和公关作为自己的努力方向。她开始参加一些沟通机会比较多的社团，并且开始尝试在社团内部运营微博和微信订阅号，最后她凭借自己在社团经营微博和微信公众号的经验，大学二年级就成功地拿到了实习机会，虽然报酬很少，但是她觉得经验比工资更重要。

我听她讲完自己的设想都觉得汗颜，想起我大二的时候还是个在图书馆看漫画，没事儿想谈个恋爱的少年。可以想见，等到她大四毕业，她可能已经在新媒体方面小有成就。这种人无论去哪家公司面试，是不是都会比其他没有经验的新人高出一大截呢？

新人除了很容易想得太美、不清楚标准之外，还很容易做得太少。

面试广告公司的职位，免不了说自己喜欢广告，但是当被问起“说说你最喜欢的三个广告公司”的时候，却支吾其词，顾左右而言他。

面试的职位是金融公司的销售，当被问起“为什么选择了这家公司却没有选另外一家”的时候，就答非所问地绕圈子，这些都是功课做得不足的原因。

俗话说，不打无准备之仗。诚然，面试官可以接受你的单纯——你因为喜欢就来了，因为了解就来了，但是，面试官可能不太能接受你对行业、背景甚至企业的不了解，因为这是一种疏忽和怠慢，也是致命的错误。

新人面试，如果说谁有十成的把握，那一定是瞎掰，但是当你在众多的招聘会上投递简历被问询的时候，当你偶尔接到一个面试通知要准备前往的时候，当你被面试官为难的时候，最不应该放弃的就是你的热情。

因为对新人来说，没有求职的热情，就没有了一切。

失去热情最大的表现就是不但不自信，还容易滑向自我负面，比如常常说，我就是来试试，也没想着可以过。或者是，我只是想来看看。

每个人的时间都是宝贵的，企业的负责人员也一定会乐意把时间花在那些有可能成为企业一员的人身上，而不是一开始就抱着打酱油路过的心态的人身上。

即便你知道可能自己有很多方面的不足，或者你离这个企业的要求还相去甚远，但是就把这个当作一次练习的机会又有什么关系？在面试官还没有好好看你简历的时候，在那一分钟的自我介绍里，抓住每一秒去做最好的展现和表达。

这才是面对挑战应该给予的积极态度！

哪怕结果是被拒绝，哪怕会被轻视，有什么关系？因为对你来说，这才是你自我把握的那个最难得的机会，不是吗？

为什么有时候企业不乐意给新人机会？为什么主管们不乐意给新人一个尝试或者是接受自我挑战的机会？因为他们都不乐意让你把他们当作“第一次”的练习场。

在你想尝试或者将自己感兴趣的东西付诸实践之前，你做过多少次尝试？了解过基本的标准和要求吗？明白自己距离这些有多远吗？你又做了多少知识补充和基础实践？

如果没有，那企业为什么要替你埋单呢？

就因为你是新人，所以应该从一无所知开始吗？新人就应该没有经验，也可以不了解、不知道、不做前期功课，然后还大方坦然吗？

新人，不等于懒惰和不负责。

大家更乐意把机会给予那些了解过、实习过、经历过、准备过的人，因为这些人用心，用心的人值得被更好地呵护。

没有人不给你机会，是你自己从没想过要如何通过实践去把握那个机会。

# 健身教练“教”我的事

首先，这不是一个关于减肥的故事。

其次，这个故事最后总结的道理，也许有一些你早就知道。

我今年 36 岁，不太能喝酒，偶尔抽烟。

进入这家公司四年，脂肪肝以每年一个新台阶的速度终于蹿升到了重度。

很多看到我的体检报告的人都很诧异，因为都觉得我看着不胖。

十年前，我来北京的时候体重在 65 公斤。之后进入出版业，整天坐在椅子上，缺少运动，体重涨到了71公斤左右。六年前进入房地产圈，体重飙升到了75公斤，然后一直未曾下降。调去市场部一年，熬夜、应酬、加班，体重终于超过79公斤，预备向80公斤迈进。我觉得不能再这样下去了。

所以，我就在公司附近的健身房办了卡，并且请了私人教练。

我做了这么多背景介绍，其实就是为了告诉大家，我报名做运动的目的就是一点——减肥，并且希望减轻脂肪肝。

我是一个典型的运动懒惰爱好者，我想，如果不是因为这样也不会沦为一个胖子。

我找健身教练的目的有两点：第一，他可以督促我锻炼；第二，他可以帮我安排专业的训练计划。

如果没有健身教练，我估计很难有强大的毅力每天在累成狗之后还去健身房流汗。

选教练就和选下属一样，是一件很看眼缘的事儿。

虽然我不是处女座，但是我也的确很“事儿×”。

我觉得选教练就看两点：

第一，看外形。这不是说谁帅就一定选谁，当然这是一个“颜控”的时代，帅的人一定会被优先考虑倒是真的，但是这个行业，教练本身就是自己的最佳广告，如果你挺着一个大肚子，你怎么好意思告诉你的会员，你可以帮他减肥呢？

你或许会鄙视别人以貌取人，但是所谓的心里美萝卜，如果表面坑坑洼洼，糜烂不堪，试问，谁乐意扒开糜烂看到你的灵魂？如果人家没选择了还可以，在付费就可以选择的情况下，没人有那个闲工夫等着看你的灵魂。

长相是天生的，如何捯饬自己则是判断你能否自我约束的关键，这就是为什么我没办法容忍下属穿着腋下有发黄汗渍的白衬衫来上班。

第二，看沟通能力。我去的这家健身中心很多教练都是1992年出生的，22岁正是才毕业不久的年纪，你的谈吐决定了你内心的高度，你的沟通能力决定了我们彼此是不是合适，你的谈判技巧决定了这单生意能不能成。我是一个很简单的人，只要你让我觉得坦诚，而且你能听懂我的话，我们交流没障碍，一般来说这一单就是可以签的。

最麻烦的人是，根本不听你的诉求，只在推销他自己最想说的，然后翻来覆去磨磨叽叽，他以为自己说得越多，你越能被忽悠，其实是说得越多你越反感。这一点，美容美发那儿卖卡的小弟是最佳的案例。

遇到这样的小弟，我一般都会说："你觉得办一张6000元的卡对我来说有什么好处？如果对我没有好处，我干吗要办？"

我选的健身教练姓肖，身材很好，笑容很有亲和力，沟通能力很到位，最让我佩服的是他做人的态度。

坦白地说，沟通其实有很多技巧，如何让人觉得你不圆滑世故，如何让人觉得舒服无障碍，这是特别微妙的事情。但是，最佳的沟通其实是设身处地换位思考，这在很多时候取决于你的人品。

一节健身课 300 元，12 节课起售，教练建议我买 24 节。他当然会推荐我买多的，因为买得多，他的提成也就高。我问他为什么，他回答说："因为您之前没锻炼过，贸然锻炼或许需要很长一段时间的调整期，12 节课太少了，每周 3 节课，4 周就用完了，基本上您连基础还没打结实，课程就结束了，我觉得这样对您来说很可惜。24 节课呢，时间上刚刚好，您在体重上也一定会有一个变化，而且我还可以向主管申请，帮您打一个小小的折扣。"

这是一个滴水不漏的说辞。之后我又问："你帮我要一个折扣，我很感谢你，但是一下子给你 6000 多元，我要怎么才能相信你带着我练就肯定会有成果呢？这课买了不满意也不会退钱，对吧？"

肖教练说："一下子让您拿这么多钱，的确风险很大。那您看这样好不好，我先帮您申请两节免费的体验课，您体会一下我的训练风格，是不是您满意的，这个钱您可以先付一半。如果 12 节课以后，您发现自己没有任何效果，后面的 12 节课我免费送您，您看这样可以吗？"

坦白地说，至今我回想起来，在这短短一番谈话里，肖教练展示给我的都是诚意十足、言辞恳切。他是一个非常到位的沟通者，我其实看不出他有什么技巧，我更乐意相信这是他做人的一种态度。

后来，有一次本来约了他的课程，但是因为他需要参加一个比赛的测验，临时帮我调整了别的教练，他在电话里一个劲儿地道歉。但是新教练的教学效果并不太好，我上完课之后，给他发微信。听到这样的结果他再次道歉，并立刻说下一节课他免费教我，弥补他这次个人事情造成的问题。

我觉得，这种临场的应变绝对不是一个初入职场的“菜鸟”所能掌握的技巧，更多的或许是人格本身的魅力。

许多职场人很容易在沟通上摔跤，要么就是控制不好自己的情绪，以傲慢、轻蔑或者对抗的情绪让沟通走入死胡同，要么就是无法掩饰目的性，过于鲜明的动机引发了反感，导致了沟通中止。

大部分时候，沟通源于彼此双方内心是否真的乐意以及主沟通者自己的人格魅力。

你是怎么看待他的？这个很重要。

如果你反感或者看不上他，即便你的语言修饰再好，你的眼神、措辞，面对原则的时候，也能体现出来。你以为你伪装得很好，其实大家都不傻。

很多事情正是因为有了对比，所以你才会有区分。

肖教练因为家里父母的事情，不得不请假一个月回老家办理。为了不让训练中止，他帮我推荐了一位梁教练。虽然我有些不情愿，但是事已至此，而且我觉得与教练私交还不错，并不想用什么退钱等事情来为难他。

梁教练是南方人，个子有些矮，还有点儿小肚子，普通话也不太标准。坦白地说，这在职场上来说，这样的人竞争力很弱。外形不出众，沟通时还有语言上的一些障碍，最要命的是，身为教练，不能很好地自我约束，专业性比较难以让人相信。

很多人总觉得自己参加的面试很多，但拿到的 offer（入职通知）很少。有很大一部分是因为你的外表和打扮失分太多，而你后面的谈吐表现并没有弥补这一缺失，造成整体分值不高，甚至中等偏下。
什么样的衣服、什么样的眼镜，会让你显得更专业？什么样的颜色、什么样的质地，让你整体看上去符合年纪又神清气爽？这些需要自己不断总结。

我以前跳槽的时候，还会带一堆资料和过去的作品，最近面试时则很少带。
因为我的求职位置发生了变化，以前我偏重执行，所以我需要作品证明自己，现在我偏重管理，更多展现的是我的认识和规划能力，携带作品会很容易让人先入为主地认可你的执行力，而忽略你的想法。
如何调整自我状态，是每面试一次，得到“二面”或是拒绝的通知，之后都要反思的。

梁教练外形一般，但是训练方式的确有自己独到的地方。他是一个很好学的人，有很多相关的资格证，这也是肖教练推荐他的原因。上第一节课，从热身之后的各种拉伸动作就看得出这个人学过松骨以及推拿，深入浅出的腹部有氧训练，几组动作下来，腰围好像瞬间少了 5 厘米，这些独到的训练方法都可以算是他的核心竞争力。

之后就爆发了第一次争吵。

起因是我跟教练约好的训练时间是傍晚 6 点到 7 点，提前到了之后，我换好衣服，发现教练在场地内和一名女会员聊天，之后教练让我先跑步 15 分钟热身。我当时还碎碎念，以前都是 10 分钟的热身跑步，为什么今天改成了 15 分钟？难道是为了泡妞，和那个女会员多聊几句？

果然，跑步的过程中，教练并没有像之前一样出现，15 分钟跑步完毕，我走下跑步机，发现教练已经在和那位女会员研究体质测评的问题了。
我说："教练，我跑完了，我们开始上课吧！"
梁教练说："你先等一下。"
我说："教练，我们上课的时间是 6 点到 7 点，这是我们提前约好的。如果您有事儿，那您给我安排训练计划，这节课我自己练也可以，但是您不能在给我上课的时间去拉别的课，我觉得这样做是不对的。"

这次情绪反弹，后来我专门反思过，我觉得我原则性过强，并且很容易以己度人，比如我觉得好好工作就是拿出专业性，但是这不代表所有人都是这样，也不代表你可以忽视有人来上班就是为了混日子。一旦发现对方不专业，我的情绪反弹过于强烈，这样很容易激化矛盾。

也许梁教练觉得我的表现让他有点儿没面子，他就一直在重复："你先等一会儿。"

我坚持的原则是，我一小时付费 300 元买你的训练服务，为什么我要等？而且为什么我要允许你在给我上课的时候去拉别的课程呢？我不接受，要么你就这节课别收钱，你收钱，就应该好好地提供服务。

专业性这个问题，可能很多人的看法不一样。

比如有的人觉得，对待工作首要是完成任务，至于同事关系、出席考勤、团体活动都没那么重要。有的人可能觉得，上班就是听从指挥按部就班。

每次面试的时候，直属领导判断你够不够专业，其实一部分是看你对这个工作的了解程度，还有一部分是在试用期看你对待工作的态度，是积极还是消极，是有计划还是凌乱。

有的人或许觉得这是个人工作习惯问题，其实很多时候你会发现，把所有工作都堆在月底的人，他会认为自己因为忙碌而产生的坏脾气是可以被容忍的，其实只不过是你自己造成的。

当天争执的结果是最后那个女会员说改天再说，然后教练开始给我上课，但是因为我的情绪一直难以平衡，所以训练效果不佳。

我是一个不太乐意和人发生正面冲突的人，因为这样很容易造成隔阂，而且很多事情一旦撕破脸，彼此指责，就意味着矛盾无法调和。

我一旦和人发生冲突，就需要很长一段时间去调节，所以现在想想，当时憋着气去上课的确不是明智之举，应该立即中止那节课，然后自己去平和情绪。

梁教练沟通的短板在此时已经暴露无遗。

整堂课他并没有针对刚刚的事情做一个解释或者道歉，也许是他好面子，不好意思，也许是他不善于表达。

不知道职场里的你是否也有这样的状态，尤其是当你是被人指责犯错的一方，你并不知道应该如何打破僵局时，我个人觉得，道歉以及承认是最好的决定，而且时间越早越好。

整节课结束之后，我在回家的路上收到了梁教练的微信，内容大概是：“今天的事情不好意思，您的跑步时间，我们是不算在训练时间之内的，我们每次的上课时间都是保证足够的。”

这个无力的解释很容易让人觉得更郁闷，意思是：跑步的时间并不是你花钱买的时间，所以也不属于你，但是这种单方面的开脱并没有站在对方的角度。如果我们开始上课的时间是傍晚 6 点，前面需要 10 分钟的跑步热身，那你可以提出来，我可以提前 10 多分钟到，在 6 点前做好热身。因为我 7 点之后也许还会有别的事情。

每个人的时间都是宝贵的，不是说这段时间免费，你就可以一直等下去，这也不足以成为你在约好了上私人一对一课程的中间，可以去拉课做别的会员的理由。

后来，我思考以后决定，如果以后跟着一个自己觉得别扭的教练训练，自己也会很难过，要么就是换教练，要么就是退还教练费。

这场谈判最后因肖教练打电话调停达成了和解，我得到两节免费课程作为补偿。

这件事才完结不久，又产生了第二次分歧。

8 月 1 日是周五，原本约好了每周一、三、五上课，教练前一天忽然说："明天的课你自己练习，我今天要整理会员名单，所以暂时不能上课。"

我说："可以，您把训练计划发给我。"

梁教练回复说："可以，我一会儿还会把饮食计划一起发给你。"

周五一早检查邮件，发现邮箱里没有新的来信，询问教练，教练回复说："一会儿发给你。"

周五下午 4 点多，看到教练在微信群里聊天，又问了一次训练计划，因为一会儿下班后就要去锻炼了。

教练说：“今天你练背，就是常规练习，饮食计划我晚上回去发给你。”

我说：“您最好告诉我一下，比如什么器械，加多少负重，没有详细的指令，不算是一个计划。”

教练说：“你要尝试自己去制订适合自己的计划，教练也不可能陪着你练一辈子。”

我说：“我觉得我找教练的目的是希望教练提供给我专业的指导，让我短期内达到自己的目标，我并没想过通过两个月的训练培养自己的运动爱好，或者成为专业的运动人士。”

教练说：“我还是希望培养一个会员，而不是去教会员。”

至此沟通进入了一个瓶颈状态。

后来我暂停了训练课，开始了自己沟通模式的反思。

我很喜欢专业和靠谱的人，包括对承诺的遵守以及对专业性的把握，我觉得这些都代表了态度。

所以对于不遵守承诺或者比较随意的人，我会很容易产生抵触情绪，从而造成了沟通障碍。

从两轮分歧的发生可以看出，梁教练本身是一个很喜欢给自己找理由的人。

比如，我指出他上课期间去拉别的课不对，他会解释说：“你热身是不算在上课时间内的，而且即使错过，我后面也会给你补充时间。”

比如，我指出他的运动计划过于笼统，他会解释说：“希望你自己学会制订计划。”

所以，如果他本身就是一个容易找借口的人，那么纠正根本不现实，这是他自己的应对模式，而和他硬碰硬地去要求他按照我的逻辑思维来也不现实，只会让他更下不来台，而且他会因为爱面子而找出更多莫名其妙的借口。

不是所有人都可以做你的工作伙伴，也不是所有人都乐意有所谓的自我提升的要求。

当你在同一个人身上遇到两次相同性质的问题，你或许需要反思：是不是自己的沟通方式没有跟随对方的变化而变化?

每个人都很容易利己，就是我不改变我的方法，我希望你来适应我。

这种想法多少会带有强势的意思，但是如果你的教练或者下属是这样，在你有足够权利的情况下，一般是换掉“不称手”的人，因为他们的配合度太差。

如果今天的梁教练是我的谈判方或者是一个合作伙伴，我必须面对和这样的人合作的局面，那我只能调整自己的策略。

比如，为了保持彼此良好的沟通，许诺对方课程结束后会继续买课，用来保持共同利益，这就是所谓的远景。

判断对方是一个不守时，而且很容易敷衍的人，就需要修正自己的策略，改成多督促，并且细化自己的要求，明确目的，得到详尽的计划。

所谓的沟通，不是为了沟，而是为了通。

如果短时间内你无法改变对方以符合你的要求，你只能改变你提出要求的方式，以便得到你最后想要的结果。

当然，最重要的还是做好情绪管理，随时做好总结。

以前坐出租车和一位“的哥”侃大山，他说过一句话特有意思：“所有坑你的人，其实都是在帮你。”

现在想想，人在顺境中很容易得到结果，但是并不见得会反思。

如果是肖教练，我或许会因为被服务到位，训练得很开心，但是并不会因此学到这些。

因为有问题，所以才会有反思。

或许这也是那些让你不爽、与你沟通不畅的人出现在你周围，教会你的最重要的东西。

也许你一辈子都没办法和他们做朋友，但是从这里看清自己，反思自己，或许就是他们“教会”你的事。

这就是我的健身教练“教”我的事。

# 如何快速写好一篇文章

我至今在活动里不敢说自己是作家，虽然我的微博认证不得不按照给出的要求选择作家这个选项，但是我内心里一直都觉得我离作家太远了。我充其量就是个作者，写字儿的。

所以当一些狐朋狗友总拿作家这个身份向别人介绍我的时候，我每每都说："我正职是做房地产的，业余是个写书的。"

我的写字儿经历可能要从写作文时代就开始算。

我当年的作文真的可以用废话连篇来形容，也不知道哪儿那么多废话。

我印象最深刻的是小学五年级考试，后面的作文题，我不但写满了格子，愣是还多写了两页作文纸……

现在想想也是醉了，评卷的老师估计看完也快死了吧。

初中、高中时代，都和语文科代表沾过边儿，作文也曾是范文。但那时候万万没想到有一天自己会靠写字儿赚钱，因为从小学六年级买到第一本《画书大王》开始，成为一个漫画家是我最大的梦想。

然后，这个二 × 的梦做了六年，直到大一都没发表过一篇稿子，连个单幅都没发表过。

好吧！我承认我无数次地骂过编辑眼瞎……

六年里，我在漫画杂志上发表得最多的是漫画评论。

是的！漫画评论，这让我伤心又好笑。

但我终究不得不正视，其实自己是一个写字儿能力可能大于绘画很多倍的“傻缺”。

当然，这种“傻缺精神”，我在大一第一学期的时候终于想要放弃了。

因为爱得太久，却始终看不见希望……

然后一次得奖，一次编辑电话的鼓励，让我又爱了十年。

其实，有的时候，你总是拧不过一些东西，你总要承认，有些东西，你可能真的不行。

我来北京的前三年，大部分是靠写枪稿，写杂志豆腐块，写外包剧本，还有不靠谱的漫画脚本，赚取房租和生活费。

我是一个不太会写故事的人，尤其是有意境的情感故事。我写的爱情故事，十篇里能被编辑枪毙九篇。可能是我脑子不够用，也可能是我的词汇太匮乏。天赋这东西，有时候是勤奋补充不了的。

因为帮某歌手做宣传，我阴错阳差地得到了做人物访谈的机会，然后一写就是六年。

很早之前我写专访，人物稿写得很慢，和很多写稿子的人一样，我总是在拖，然后等灵感。

一般我会有一周左右的时间去反复琢磨，整天想着这篇稿子要怎么写，那些人物资料、采访录音，甚至其他的花边点缀，整天在脑子里转。

从来不敢轻易下笔，每次都是等到最后交稿的那一刻，熬一个晚上，一气呵成。我不知道，你是不是也如此。

写稿，更多的像是在憋。

我的写稿平台从三线报纸换成了二流杂志，最后到了一线杂志，版序也从内文变成了封面。有一段时间压力非常大，生怕自己写的东西对不起编辑的期望。

我做写手有个习惯，有自己文章的杂志，会第一时间买，之后打开读，并比对编辑在原稿上做了什么修改和调整，总结他为什么要这么调整和修改。

下一次开选题会，会和编辑确认他的修改意图，从而更明确他的要求和标准。

我始终觉得，一个好的写手，态度比能力重要，学习和提升比基础更重要。
只有不断明确这本杂志的语境、用词、逻辑、偏好和语感，你才能在合格的基础上写得更好。

在一线时尚杂志写封面人物，做了半年多，第一次遭遇毫无灵感。
当时采访的这位明星现在被称为“暖男”。
不知道是因为很喜欢他，所以采访当天太紧张，还是总结的思路和脉络有问题。
总之憋了一周，到交稿的前一天晚上，灵感之神都没有来……
我第一次觉得沮丧，那种在文字圈打拼得战战兢兢，每次都好像一个神坛前卜卦的人，每次都希望奇迹出现，抽个上上签的好运，终于在这个节骨眼儿上爆发了，我的好运用完了？

我第一次意识到，靠感觉写稿，靠不住。

作为一个写手，我的第二个原则是不拖稿，因为大家都不容易。
按时交稿是信用问题。
当我硬着头皮交稿之后，其实内心一直在打鼓，好期待这时候编辑眼瞎或者放水啊！虽然知道，即便编辑眼瞎，主编也不是傻子。

最后当然是等到了编辑不满意的电话，我也非常坦白地承认，这次发挥不好，感觉给了一篇75分的稿子，十分诚恳地道歉，甚至说，如果编辑的改动特别大，我可以不要稿费、不署名，因为真的特别抱歉，这是我自己的问题。

那篇稿子，编辑大概进行了百分之七十的重写，拿掉了我的名字。我有两个月没有接到采访任务。那段时间，我第一次反思，如何能不靠感觉，更系统地写稿。

为此我阅读了很多书和杂志，还有一些关于企业管理的书（为什么会读到这个，稍后会说）。然后，我发现了我写稿比较致命的问题：从一开始就没想法，很喜欢推着写。

文章所有的架构，其实是从一个细节推演开始的。

所有的逻辑关系之间连接得很薄弱甚至生硬，以为完全靠单纯的文字技巧和小聪明，就可以掩盖得过去。

有些甚至一直都在奢望所谓的采访时的临场发挥以及写稿当时的状态，这些不稳定因素造成了如果开头写不出来，就完全无字可写。

我第一次意识到，原来逻辑、架构其实比感觉更重要。

因为编辑要求最好深挖明星自身的品牌经营和商业价值部分的亮点，

从更专业的角度去做人物深访，探讨明星的状态和感想，从另外一个角度去解析，于是我恶补了很多关于管理学和品牌的知识。然后就发现，原来很多企业管理在管理之上其实是做架构，做好了逻辑关系之后，一切就有了更顺畅的点。

发现这个秘密的时候，我都忍不住为自己点了一个赞。

后来，我几乎是带着问题开始做功课，从最初知道采访对象，到查找基本资料，结合必要的宣传亮点，到整理第一轮的采访提纲，并和编辑确认采访意图、问题范围、核对侧重点等等。

以前，我写采访提纲很容易写一些常规问题，非常散，一会儿问对方的看法，一会儿谈时尚态度，看着好像有观点、有感想，其实没有聚焦点，回头写稿的时候，需要想一个很好的穿线的方式把这些散点找到，所以非常容易苦手。

人都是多面性的，但稿件总要形成几个焦点，比如他如何看待朋友，他如何看待自己，他如何看待未来。

只有这样，稿件才能分出章节，拥有各自的重点和承载的话题数量。

如果只是泛泛地问，被采访对象牵着走，最后你搭建结构的时候会非常困难。

所以架构要在一开始就想好，尤其是侧重点和范围，想好了这两点，一旦采访对象跑题，至少知道什么时候把他拽回来。

把思考的工作提前做好，那么后面的痛苦就会少很多。

如果在列提纲的时候就能列出这个人物我预备要写三个还是五个章节，每个小节的采访重点是什么，包括对这个小节基本的总括，那么，后续无论是采访还是写稿，都会异常顺利。

发现这个窍门的时候，我异常兴奋。在电影《梅兰芳》上映后做演员的专访时，我就使用了这种方式，提前把章节、侧重点以及主题、关键词都列出来。编辑看了，也觉得我和过去有了很大不同。

至于现场如何在面访的过程中做伏笔，如何做开场，甚至如何用个人优势进行引导以及积极的示弱等内容，是关于“如何做好采访”这个话题的，等日后有机会我再写。

总的来说，文章的架构写好了，那么我就可以做到随时写，因为对我来说，每个章节都是一小篇文字，我只要围绕重点开始书写，就会在很短的时间内完成既定目标。

后来我在豆瓣写文，乃至第一本书的出版，都受到这个方法的影响。

有人说，灵感的来源无非是：床上、厕上、路上。

我现在习惯性地不称灵感，而称主题。

主题的产生是随机的，所以我想写的主题大部分也是在这“三上”的时间段。

当有了主题的时候，以前我会立刻下笔，现在则不会，我一般都会在心里做一个架构，打一个腹稿。
简单地说就是，我这次要写什么？我开头写什么？中间写什么？结尾写什么？我要突出什么？
想好了这个结构之后，动笔基本上就是件体力活儿。

这期间我可以去开会、吃饭、上厕所，完全不用担心这篇稿子会断档或者不统一，因为只要我原本的架构没发生改变，这就够了。

写字儿是一种表达方式，有人喜欢正式，有人喜欢逗比，有人喜欢文艺。
不论形式怎么变化，你可能都无法用形式去代替结构。
当你清楚了结构，至于怎么去表述，其实就是按照路线去写而已。
这样，写好一篇文章一般就是一个小时，而且很顺，完全不会卡壳。

在豆瓣发的文章多了，有编辑找我谈出版，我就把这套方法放在出书上。
先做基本的图书架构，比如：分成几个章节，每个章节的关键词是什么，一本书需要几篇文章，我写了几篇，还需要写几篇。
做到这些都心里有数，那么写一本书其实并不难。

我的第一本书叫作《扛得住，世界就是你的》，当初编辑和我约稿的时候，我就在琢磨怎么写成一本书。

我用了两天的时间做架构，把全书分成了四个章节，列出每个章节的关键词，比如，对毕业生我要说啥，对才工作的人我要说啥，这十年我的总结是啥，网友的回信及案例。之后就用了思维导图，把已经有的文章按照类型进行了板块归类。

最初的时候，每个章节大概只有几篇文章，为了避免头重脚轻和某一个章节过分突出，以及某一话题集中或者重复的问题，我就做了一个 Excel 表格（电子表格），按照一本书十二万字、每篇文章大概是 3500 字核算，推算出我完成一本书需要写多少篇文章，每个章节大概需要多少字。

之后，再把已有文章的标题和字数按照章节录入进去，在表格的最下方一栏用公式计算出距离本章节完成还有多少字，需要撰写几篇文章。
然后，每天无论上班、吃饭、如厕、临睡，都在想主题。
想好了，就记录在手机记事本里，并附上想好的大概结构。

在周末和年假的时候，我就会抽空拿出一个主题来写，并且根据自己要论述的这个主题大概涉及的范围，决定它是否能在 3500 字内说完，还是需要做增幅。

年假期间，我一天都没休息。十四天年假，每天都在写稿子中度过，将剩余字数除以目前休假天数，得出每天要写 6000 字，也就是两篇文章。之后规定自己早晚各写一篇，如果写不完，第二天必须完成，且需要跑 3000 米作为惩罚。
按照这样的方式，我终于完成了第一版草稿。

我写文章的最后一个习惯就是：校对和修正。
常规的采访文，我写完会读两遍，第一遍修改错别字和语病，第二遍可能会尝试修改开头、调整章节的串联关系。
写书稿的时候，我会把文章按章节通读，之后换位思考：如果我是读者，我希望第一篇看到什么样的文字？这个标题会对我有吸引力吗？我希望在文章的开头看到什么内容？哪些可以吸引我继续读下去？之后在思维导图里尝试做文章排序的调整。

我知道，文章从我手里出去之后，其实我的权限很小，它会经过包装策划，也许会换名字、换定位，也许会被修改、修正、引导，甚至可能会出现别的调性的偏移。
我的编辑也曾劝我说："川叔，你不要这样，你这样做，编辑的成就感就很低了，因为你会让编辑觉得很顺，从而找不到激情的点。"但对我自己来说，这只是一个做事的方法和自我尝试的乐趣。至少我可以给编辑提供一种方案和可能……

以上就是我这几年写字儿的一点儿小小的体会，希望能对你有点儿用。
写字儿如此，计划如此，或许人生也可以如此。
很多事，情同此理，我就不展开说了。

第四章

# 努力，是当前唯一可做的

## 让我用所有努力去报答

我 28 岁那年遭遇了双重打击——失恋，失业。

决定放弃一段纠结的异地恋，就和决定放弃一份朝八晚五的工作一样，都是让人很痛快的事情，让人忽然觉得人生仿佛开阔了许多，但又一下子没有了方向，很失落。

在休息的那段时间里，我昼夜颠倒地活着，白天睡觉，晚上看电影，生活一下子没有了压力，也就没有了动力。我曾经整整七天不出门也不下楼，每天的生活就是吃饭、洗碗、写稿、睡觉、看碟片。

在那段所谓的休整期，我第一次觉得在这个城市很孤单，然后我想明白了一件事情，在这个城市可以没有爱人，但是不能没有朋友。
因为告别孤独最好的方式不是恋爱，而是去认识更多有趣的人。

我在网上报名参加了一个爬山小组，然后认识了一群朋友。
小天，就是我在那个时候认识的。
其实说出来不怕你笑话，我从小还算是一个能说会道的孩子，但也不知道是因为毕业前的迷茫，还是毕业后的压力大，外加对社会的不适应，毕业的时间越来越久，我的说话能力却越来越差。
身边没有朋友，都是同事，大家聊几句工作，但不交心。
我开始变得沉默寡言起来，再加上后来的工作多数和文字有关，所以我甚至一度有些自闭。

当一个人越不爱说话，他的交际能力就越下降，这其实是一个恶性循环。
我失恋之后，决定扩大自己的交友面，那就意味着我要改变自己，但真的去做的时候，谈何容易？

当时，登山小组基本上都是以爬山旅游为主，每次出去玩一圈儿，多少有些觉得心情舒畅。但是我的存在感极低，属于爬山的时候默默地跟着爬，聚餐吃饭时低头默默地吃的那种人，所以就这么去了两三次，很多人连我的名字都叫不上来。
这不怪别人，只能怪我自己。

每次活动都要有人负责写总结，内容很像流水账，记录今天去了哪儿，参加的人员有谁，路上大概的一些简短见闻，等等。发到群的论坛里，一来是总结一下活动；二来是引发一下其他人的注意力，希望参与下次活动的队伍能够壮大一些。

我那时候真的没什么特长，又傻又蠢，也不太会说话，大概只有写文章还算是在行，于是有一次被分配到写总结，就照着以往的样子写了一篇，结果可能是因为路上的见闻，包括对每个人途中发生的糗事刻画得很深入，导致文章有点儿长（看来那时候我就已经有了写长文、啰啰唆唆的潜质）。

就在我觉得文字太长可能没太多人看的时候，这篇总结引发了一片好评，尤其是旅途上的那些小趣事，让经历过的人再回味，让没去的人也跟着好奇。下次活动一开始就有人问："那个写总结的小川是谁啊？"就这样，大家对我开始有印象是从能写字儿开始的。

我觉得每个人都有自己擅长的东西，只是看你能不能找到机会去展现，你只有展示出你的擅长，它才会慢慢地变成你无形的标签。
有标签的人，都会吸引到朋友。

借着写总结被大家认识的机会，很多人知道我是做编辑的，更觉得做编辑的人写作水平高是理所当然的，因此就把我当作“小才子”。坦白地说，那时候，不论我的文学水平还是写作功底，其实都很一般。

我和小天能聊天，缘于他在路上看倪匡的小说，刚好我大学的时候也读过倪匡的系列小说，于是我们就从“卫斯理系列”聊到了“原振侠系列”，越聊越投机。就这样，我们因为读一类书而成了好朋友。

我在对青年大学生演讲时常常说，大学时代，包括毕业之后，都要多读书，培养兴趣，因为你不知道你会因为这些兴趣和知识而结识到谁。如果你能在人群里解决“你是谁”这个别人对你的认知问题，那么之后第一批朋友的结识一定是因为兴趣。

小天对我的帮助，我在《扛得住，世界就是你的》里写过，包括我人生中的第一次转折、第一场大的面试、第一次工资定位，甚至以退为进地与领导沟通，都是小天那个时候教会我的。

在小组里一年左右的时间，很多人也熟悉了。当时我在复兴门租的房子到期了，搬家迫在眉睫。小组里的小伍听说我在找房子，就问我要不要到他住的地方看看，他目前正在找室友。

我是一个特别没条件挑剔的人，尤其是在住这方面，因为工资太低，所以我的房租都是在 1000 元以下。对我来说，能有一个小窝就谢天谢地了。

小伍的房子很干净，位置又在南锣鼓巷，我几乎没有拒绝的理由，房租比我之前的增加了 100 元，变成了 900 元，水电费平摊。我隔了两天就搬了过去。
就这样，小伍成了我的室友，也成了后来令我受益良多的好友。

当时的登山小组里精英和白领阶层偏多，我这种屌丝型的偏少。小伍是典型的双子座性格，上一秒沉稳，下一秒欢脱。没有合租之前，我和他并不熟，甚至还有点儿怕他。
当时他在国贸一家赫赫有名的服装公司上班，平时的业务基本都是进出口贸易类的，我常听他打电话时用英文一大串一大串地谈工作。和这么一个高大上的人住在一起，会显得自己更加土包子。

我那时候才去广告公司上班，心情郁闷，加班又多，所以很多时候发了工资就胡乱花，恨不得上半个月天天打车，当时自己也没有记账的习惯，手里更谈不上存款，所以基本就是一个月光族。
住进去满三个月后要交下一个季度的房租，小伍 1 号跟我催缴房租。我那个时候要 10 号才发工资，当时正是月光族最困难的时期。我当时想，大家都做室友三个月了，平时关系也不错，就想当然地以为只要和他说说好话，也许就能通融一下，晚交几天，但这引起了小伍极大的不满。

小伍是一个原则性很强的人。我清楚地记得，他拿着合同对我说："合同上约定的是每个季度的第一天交，不管你有什么个人原因，都不是拖延的理由。"

我当场就玻璃心发作，觉得好歹大家之前也算认识，也做了三个月的室友，至于因为十天的时间就这么上纲上线吗？我沉下脸，闷头生气不讲话，过了一会儿，穿了外套下楼找到自动提款机，用信用卡提了现金，取了三个月的房租交给他。

回来的路上，当然免不了自卑又苦 × 地想了很多，比如觉得自己被人看不起啊，觉得人情薄如纸之类的自怨自艾。

小伍见我回来之后一直脸色不好，便问我怎么了，因为他以为我不至于一分钱存款都没有，而是有钱拖着不乐意给，这是他不喜欢的。因此，当他知道我是用信用卡取了现金，而且每个月的工资除了要还上个月的卡债之外，没有任何计划性地随便胡花时，他几乎震惊了。

为此他开始教我记账，甚至把他记账的表格发给我，并强迫我记账，尤其是每个月要养成必须预留出房租、出行等固定开支的习惯。最开始执行的那几天，我非常抵触，我甚至一度说："我们这种一个月赚三四千元的人的辛苦，怎么会是你这种一个月赚好几万元的人能体会的呢？"

小伍非常郑重地告诉我："每个人都是从三四千元的时代走过来的，为什么有的人一直留在三四千元不前进？也许是因为机会没到，但大部分是因为自己不愿意往前。有谁愿意一辈子拿三四千元呢？既然不愿意，那就更应该系统合理地分配支出，这样你才能不做卡奴，存够自己的备用金。只有这样，你才不会怕失业，你才会有参加培训的第一笔投资金。既然想改变，就更要克制自己！宁可穷一时，也不能穷上一辈子都翻不了身吧？”

我这人虽然表面上蔫乎乎的，看着很老实，其实内心戏还蛮重的，就是典型的巨蟹男的苦 × 性格。有段时间觉得小伍特别烦，和老妈子一样催催催，不过这种想法多数是内心里想想，从不敢说出来。

小伍性格比较强势，几乎每天都催问我记账了没有。每周还要抽查，看我是不是真的好好去执行了。当他第一次打开我的记账表格，看到工资的一栏写着 4300 元，信用卡的一栏写着 2100 元的时候，他都快无语了。

站在现在的角度看过去的自己，我唯一能对过去的自己说的大概就是，为什么穷人有的会穷一辈子，大部分时候都穷在思想意识，有时候真的是越穷越乱花啊！

小伍当时问我为什么欠了那么多信用卡债务，我说：“因为没钱，但是我还需要用电脑，也需要换手机，所以电脑、手机、相机都是信用卡分期付款买的，其中手机的分期我已经还完了。你问我为啥不能存下钱，因为我每个月的工资还了债，就没了啊！”

我对小伍基本上没什么隐瞒，比如我的工资收入、我的开销，甚至我的一些稿费等等。这种不设防的信任我也不知道来自哪里，大概是觉得我就是一个身无分文的穷鬼，人家也不会有时间来算计我；既然不是来算计我，又这么费心，这不就是帮我吗？

我觉得交朋友，信任是个基础，即便我到了这个岁数，现在再去交朋友，我也很喜欢开诚布公地把自己打开，当然你可能也会因此收获一些伤害和不理解，但是没关系，因为你不这样去让对方了解你，交到好朋友的机会只能更少。

在小伍的严格监控下，我记了三个月的账，找到了自己心情开支的一个巨大漏洞。想买就买的便利店食品，加班之后的打车恶习，甚至还有不管自己有没有钱，兴致来了就任意下单的诡异消费习惯，以及在同事面前为了显得自己有品位而买的各种书和影碟的费用，这些都成了我的财务状况里最容易被挤压的泡沫，也是导致我成为一个月光族且无法存钱的真正原因。

我又用了差不多三个月去调整，包括压缩自己的心情开销，杜绝跟风开销。我甚至为了压缩交通成本，买了一辆自行车，骑车去上班。我还把影碟和图书购买作为完成存款目标的礼物。

和小伍住在一起半年后，我有了第一笔小额存款。

一年之后，因为房东不续租，我们换了房子，搬到了东四环附近，这个地方是小伍看了近 20 家房子后定下来的。当时我特别佩服他的执行力和判断力，房子非常棒，性价比很高，距离我上班和他上班都不算远，采光很好。我的那个房间里除了有我要求的一张写字的桌子之外，居然还有一个大的书柜。

我当时觉得特别感动，因为我觉得这就是朋友对你的关心，他内心里能记得你，这不比什么都重要吗？

接纳别人对你的好，这种事多少会让我觉得惶恐，因为我没有什么可以回馈给他们的。

记得当年我问帮我找机会、逼我去面试、帮我出主意谈工资的小天："你为什么要帮我？"

小天当时说："因为我觉得你很有才，迟早会熬出头，到时候你成为一个名人了，我如果找不到工作，也许你还能帮我。"

这个善意的谎言在今天看起来很容易被识破，但是在当时的我弱小的心里，产生了无比巨大的温暖慰藉。小天可能并不知道，他的这份"期望"曾经伴随我度过多少难熬的时刻，被上司抢功，被环境所左右，应付自己不擅长的工作，以及逼着自己成长。

这句话成了一个不可名状的推动，推着我往前，希望成为那个将来可以给朋友回馈的人。

搬新家之后，因为距离公司很近，我回家后经常做饭，也常叫上小伍一起吃，他最喜欢吃我做的白菜炖豆腐。每次吃完之后，免不了要闲聊一会儿，慢慢地，他才知道我过去的种种不容易，知道我过去背负了十万元的债务在这个城市挣扎。

我是一个很坦诚的人，因为我从来不觉得过去的这些经历是多么见不得人的事情，因为发生了，它存在。当然，我也不喜欢逢人就展示这些，只是因为大家相处久了，所以才会偶尔提起。

小伍是个真性情的人，有时候他听到我说起过去的事情，会率先替我难过。有一次，他听到我们全家为了躲债去姥姥家过年，都快哭了，然后他从自己的衣柜里翻出了两件衣服送给我。当然他也害怕伤害我的自尊，所以一再解释说："这不是可怜你，是因为我觉得我要为你做点儿什么，请你给我这个机会。"

我知道，也许这些痛苦的事第一次让他觉得这么近，他希望为我做点儿什么，也希望平复一下自己的内心。我当然理解，更不会去误解他的善意。

因为这就是别人当你是朋友、对你好的方式。

如果说与小天相交是因为我们有共同的爱好，那么与小伍相交则是因为我的坦诚和他的善良。

很多朋友常常说一个人漂泊的辛苦，觉得没有朋友很难过。其实交朋友并没有那么复杂，首先要打开自己，然后一定会找到乐意接纳你、和你有共同爱好的朋友。

我的朋友小伍送过我一件冬天的夹克，还有一件蓝色横纹的毛衣。它们陪我度过了好几个寒冬，每次穿上它们，就会觉得暖意满身。

我的这两位朋友，一位如今在青岛，一位已经实现了财务自由。我至今也没能帮过他们什么，他们给予我的帮助成了目前我努力的一个动力，我希望未来我也可以做一个有能力帮助别人的人。

我希望每次见面都能让他们感受到，他们当年的帮助没有白费。这或许是我唯一能够回馈他们的方式，让我用努力去报答他们。

# 这个岁数了，为什么还要学英文

每周的周三和周五，我都会晚走一个小时，留在公司加班。

但是只要你细看我的电脑屏幕，你就会发现，其实我都是在弄英文的作文。

我的英文作文很蠢，蠢到会有最基本的语法错误，蠢到所有不会的单词我都放大了字号，用音标标出来，以至打印在纸上看起来参差不齐。

即使这样，我还是会读错，会紧张，会结结巴巴。

我会在路上一直戴着耳机，里面是我用话筒录的老师上课时候的教学语音，用话筒去录喇叭里的声音，很多时候，声音是很小的。地铁嘈杂的时候，我会用一只手捂上耳朵，让自己听得更清楚一点。

我的英文很烂，基本没有任何基础。

我只认得 26 个英文字母，可以单独背诵出的单词不超过 200 个。我拼写最正确而且最长的单词是“student（学生）”，字母超过 7 个的英文单词我基本都不会读，我的语法还停留在最基本的“this is（这是）”的程度。我不知道原来“mine（我的）”和“my（我的）”有关。

对我来说，超过 5 个以上单词的句子只能靠猜。

我的英文考试从没有及格过。

从初中开始学英文，我记不清多少次课前的英文自述，因为说不出一句完整的话而整堂罚站。

我高考的英语分数是 37 分。

我们那一年读大学，艺术专业刚好不要求过英语四级，我从没有见过英语四级证书的样子。

我去国外只会说两句成型的英语，“this one（这个）”和“how much（多少钱）”。

我每周三和周五要准备的作文，都是看教材的例句，然后一点点琢磨。用熟悉的单词按照例句换一个说法，不懂的语句只能求助百度翻译，不认识的单词先用百度搜索，反复去听里面的语音播报，之后如果还记不住，就只能把音标复制下来，放到作文里。

是的，我在学英文。
我今年 36 岁。

我的英文老师叫 Hazel（黑兹尔），原谅我至今都不知道应该怎么读她的名字。
她是一个嗓音很好的女生，人也非常好。
她是我的广播听众，其实我并不记得她是什么时候出现在我的微信上的。
春节的时候，她看到我在朋友圈里说想学英语，就发信息给我，说她教过外语，可以教我。
第一堂课，我几乎一句话都没有说过，因为我非常羞于开口。
我在反复跟读的过程中，一点一点地去揣摩。
老师每次给的短文都不长，单词和知识点都有很多角度的延展。
她总是鼓励我，多说一句，再多说一句。
然后给我肯定。

我今天刚上完第十一节课，上课的前一分钟，我还在迅速地吃面条。很多时候，周三、周五，我都是吃不上饭的，因为只要是稍微长一点儿的文字，我就要从下午就开始准备，一旦有会议或者下属找我，我的时间就会被占用掉，就只能干着急。

也许你会问，这么大岁数还学这个干吗？有时候，我也会这么问自己。

尤其是在弄完了短文，匆忙赶去地铁的路上；尤其是在晃动的车厢里手捏着打印的作文，边嘟囔边卡壳想不起读音的瞬间；尤其是在一个自己明知是短板的领域，每次跌倒、失败、沮丧的瞬间，我都在问自己：36 岁了，还学这个有什么用？

我知道，在英文的领域，我是一个残障儿，我从来没奢望过：一个月、几节课，自己就可以突飞猛进。我学英文没有一个基本的目标，也没有目的，就好像你藏在袍子下面很多年的一个脓疮，忽然有一天，你不知道为什么就有勇气把袍子掀开，用眼睛去直视它，用手一点点地抠掉死皮。

每个人都有自己不擅长的，有的人不擅长发言，有的人不擅长总结，我不擅长英文。

这并不是缺点，我们不擅长这些也不会怎样。

所以在很长的时间里，我们选择漠视。

何必在自己不擅长的领域去花费力气呢？

我曾经和你一样这么想。

曾经我不擅长和人打交道，但后来我的工作要求我必须 24 小时随时恭候客户的电话，而且要动之以情，晓之以理。

曾经我害怕在人多的地方说话，但后来我发现，有些场合，只要你有点职位，你就需要去面对登台发言的窘境。

时间，最后把我塑造成了一个外表看起来是我当年羡慕的那种人。

可以登台发言，自信满满。

可以侃侃而谈，随时有话题。

即便只有我自己知道，每次上台前，我都需要打好几次腹稿，每次发言完毕后，都汗湿衣背。

每个人都是会变的，而且我们都希望自己可以变得更好。

或者只是变得勇敢一些，再勇敢一些。

我们可以面对困难，面对压力，很多时候却不敢面对自己，面对我们的短板。

我为什么要学英文?

或许我只是想又一次真正地面对自己的弱点而已，就好像当年我坦诚地面对自己的自卑一样。

至今我在每次发言之前都会先笑笑说："很抱歉，我现在非常紧张，所以希望大家能给我再多一点的掌声。"之后深深地鞠上一躬。

就好像当年我为了戒除掉上台就浑身发抖的"毛病"，硬逼着自己去做活动主持人，结果在上台前紧张得体若筛糠。

直到主持了近十场活动，我才终于明白，有些"毛病"你是戒不掉的，你只需要接纳它，接纳它的存在，然后它就会自动修正。

人为什么会自信地散发光芒？
不是自负，不是自欺欺人，是因为完整。

你或许永远都堵不上你人生的缺口，但是当你选择对它视而不见的时候，你的缺口反而会越来越大。这些缺口会在某种层面上影响你那些自诩的优点。
只有当你有勇气正视，并且接纳这是你身体的一部分时，你才有可能修补，哪怕一点点，都是进步。

今天的你，或许一辈子都体会不到此时我的心情。别人 16 分钟就可以写完的一篇英文作文，我需要花费 6 个小时，或许外人看到的是一样的结果，但我看到的是巨大的成功。
你不会明白跌倒爬起后的挫败感和兴奋混合在一起是怎样的心情，那是一种你拼尽全力去做，却还只是及格，而你依旧可以保持兴致勃勃的心情。
那不是热情，是勇敢。

重点不是结果，是你明知道自己不擅长，却还敢去做的那份心情。
那是一种值得自己为自己鼓掌的赞许。

36 岁，我开始学英文，只是希望在未来，可以走得更远……

# 为了梦想，你曾额外付出过什么

最近常常有快要毕业的朋友问我，上大学学的专业自己不喜欢，自己喜欢的事情暂时又看不到前景，面对这种两难的境地，到底应该怎么选？

有的时候我总爱说，希望大家能更理性地看待关于“爱好”和“职业”这两件事。

你或许对写作、心理学感兴趣，但是当它们不能成为你可以安身立命的职业的时候，就永远只能是你的爱好。

也许你曾经把一个兴趣当作梦想，并且还觉得自己为此付出了很多，爱了很多年，如果是这样，那么或许你需要更冷静地问问自己：关于梦想，你真的付出过那么多吗？你比别人额外付出过什么呢？
因为有的时候，你爱什么是一回事，你能不能靠这个吃饭则是另外一回事。

每个人都有自己的梦想、自己喜欢的事儿。我从小学六年级买到第一本《画书大王》开始，就确定要当一名漫画家，可是一转眼 20 年过去了，我至今都没有成为一个漫画家。

当年中考落榜的时候，我没觉得难过，第一个念头居然是：太好了！终于有时间来画漫画了！后来因为获得了美术加试的机会，以特长生的身份上了高中。画画成了我的一个标签，也成了一件可以明目张胆去做的事情。
每年的寒暑假，我都窝在家里努力画画，但是命运好像和我开玩笑一样。高中三年里，我没有发表过一篇漫画稿件，别说故事，连一张单幅都没发表过。
我记不清楚有多少次我带着希望把稿子投进信箱，又有多少次我带着难过拿回退稿。
我就好像一个在黑暗的隧道里行走的人，努力睁大眼睛，却又看不见光亮。
漫画没发表过一幅，文字稿件却发表了几篇。这对当时的我来说，有点儿像个讽刺。

上大学的第一年，我第一次想到了放弃。

这条路我到底应不应该继续？我是不是真的不行？我把这些苦闷、困惑甚至疑问写成了一封信，连同一份新画的小故事，寄给了北京的一家漫画杂志社。

很意外的是那年的十一放假前，我居然接到了那家漫画杂志社副社长给我打来的电话。她在电话里很和蔼地安慰我，我的稿子暂时还没有达到发表的要求，故事很好但画得很一般，漫画是纸上电影，从人物造型到分镜切换都需要作者独立完成，这其实要求很高，也很难。

我在信中写的苦闷和无助让她觉得很感动，她打这个电话是希望告诉我，如果真的把漫画当作自己的努力方向，那我还需要更多的努力、模仿，去不断实践。最后她说，她很希望我能把这个小故事修改一遍再投稿过去。

这件事其实已经过去十多年了，但是每次回想起这个场景的时候，我都抑制不住自己的激动。十一假期，我哪儿都没去，努力地重新画稿子，把那个原本四页的故事扩编成了六页的漫画，满心欢喜地邮寄出去，完全沉浸在马上要成为“漫画家”的喜悦当中。

等待，是一个漫长而艰难的过程。当年的漫画杂志都是提前三个月准备稿件，也就是说明明才10月，而编辑手里要准备的已经是明年1月的稿件，每天全国的读者投过去的稿件成百上千，审稿、排队、等待是难免的事。我的那一篇稿子足足等了大半年，直到隔年的夏天才最终发表。

也许是应了好事成双的那句老话，依旧是那一年，12月，我参加山西一个小杂志举办的全国短篇科幻漫画比赛的作品被刊登了，还获得了三等奖。

这双重的喜悦一下子让我昏了头脑，我陷入了盲目的沾沾自喜当中，自此开始了我四年无止境的投稿、退稿的生涯。

都说好运来得太快都不容易长久，这话似乎一点儿都不假。自从大一那年发表了漫画稿件后，我接二连三又投了几个故事，不是被退稿，就是石沉大海没了消息，这多少有点儿打击我的自信心。那之后，我开始接触互联网，迷恋上了在论坛灌水，成了漫画论坛里小有名气的红人。

后来，我在学校里组建了漫画社团，在学校的院报开了自己的漫画专栏，投稿这种事就没那么勤奋了。大二、大三几乎都在忙着社团、专栏，还有当地报纸的一些小插图的事，真的没有什么稿件在大的杂志发表过。直到大四上半年，才有两个超过 20 页的漫画故事被刊登，从而获得毕业后的第一笔路费。

我毕业的那年，在漫画聊天室里认识了一位当时在上海知名漫画杂志发表过长篇作品的作者。我们聊得很投缘，她是我当时的朋友圈子里唯一发表过漫画的人，还是长篇连载，她几乎成了我的偶像。后来我们两个相继去了北京，我第一次租的房子，特意选了和她一个小区，那时候只要有空，我就会去她的出租屋，给她做免费的漫画助理。

当我看到她一大包一大包没有发表过的漫画稿件的时候，我第一次觉得自愧不如。

她是一个性格特别开朗的女孩，为人大大咧咧，也不喜欢计较。她家里经常会有被编辑枪毙的五六十页的故事稿件，我替她觉得可惜，她总说："没关系，编辑没看中，就说明这个作品还不够好，那我就再画嘛！"

听完她这句话，我回去为自己算了一笔账，大学四年，我画过的故事不足100页，这可能只是她两个月的稿件量而已。以前我总觉得我特别爱漫画，但是真的去做的时候，其实我很计较得失。

我总是期待自己的所有付出都能有回报，不敢一直持续去投入。

我总是边观望边付出，这里面也许有需要被人肯定的成分，但此时我不得不正视自己的态度，那就是：其实我没有自己想的那样，那么爱漫画！虽然我一直不肯承认，但是我不得不说，我的付出远远不够。

我们很多人对一件事物的喜欢只停留在“喜欢”这个层面上，而做出的行动总是少之又少，甚至是计较了又计较。

就好像我四年画了不到 100 页的漫画，前后发表了不足 60 页的稿子一样，很多说喜欢写作、喜欢心理学，甚至是喜欢宠物、喜欢手工的朋友，你又花费了多少时间，有过多少付出和努力呢？

你有一个投稿的目标吗？你有自己希望发表或者刊登的杂志吗？你好好研究过杂志的要求、文章的体例甚至风格吗？你按照杂志的要求每个月为它投稿，并因为自己的坚持而获得了编辑的联系方式吗？你为你的这些小小梦想的实现一点一点地做好规划了吗？

梦想是需要付出来实现的，在没有付出前，所有的梦想都只是空想，而付出只是承载这个梦想最基本的东西而已。每个以“成为漫画家”或者“成为作家”为梦想的人，其实都在付出，甚至有的人连吃饭、睡觉都一直在想这件事。比起他们，你又做到了什么程度呢？

你是有耐心总结，还是悉心坚持？你是有步骤、有计划地补充和学习，还是有了更翔实的落地计划？如果什么都没有，只是像我一样空谈喜欢，那么其实是不是也只是喜欢而已？

如果你只做到了这个程度，又有什么资格说你可以实现这个梦想呢？

梦想，需要我们做足了别人都做的那部分之后，还能额外地付出。

如果没有那份额外付出，而你刚好又取得一点点成绩，那是何等幸运！但没有人能够只靠幸运过一辈子……

现在问问你自己，你喜欢的那件事情，你是真的想去做，还是你其实只是想做做看而已？你真的做过其他人没有做到的、额外的那部分吗？

## 每一次挑战，都是练习

爱德给我打电话的时候，我正在台下紧张万分，手心冒汗。

他在电话里说："小川，我现在遇到一个关于选择的难题，我很想听听你的意见。"

我对他说："我正在等一个很重要的考试，你能长话短说吗？"

爱德是我在心理学小组认识的一位非常好的朋友，我们都是巨蟹座，内心都有自卑、敏感的一面。

他是一个非常具有亲和力的人，做事认真细心。有几次活动，由他负责流程串场，他甚至提前准备好了手卡和提问的小字条。

就像我对英语一直比较自卑一样，爱德对于学历一直也比较自卑。
因为一些个人的原因，他没能获得一个优秀的学历，这让他在求职的时候吃了不少亏，好在他自己很上进，一直都在积极求学，不断补充和学习。后来他终于有机会进入了一家知名企业，职位和待遇也都开始趋于平稳。这个时候转折也就出现了。
他告诉我，现在有另外一个更高的工作岗位，那个单位希望他过去，薪水和待遇有很大的提升，但因为那个职位有些高，他自己心里非常没底，怕跳槽过去之后做不好，新职位没保住，老职位又丢了。

我听完他的讲述笑了，因为我真的很为他高兴。这份高兴缘于我们两个自小组活动结束后，彼此都能有更好的成长。我告诉他："我现在马上要参加的这场考试，是企业内部的培训师资格认证考试，今天是终考。"
爱德听到培训师这个词的时候，多少有点儿惊讶，因为他完全搞不清楚，目前有本职工作、业余写作的我，去做培训师干吗。

是的，这个问题我之前也问过我自己。
其实我在大学时代是一个很爱说话的人，但不知道是不是毕业这件事，或者走向社会这件事会让人的性格发生改变，我在毕业一两年之后，渐渐地变得越来越不爱说话了。
也许是因为一个人北漂，朋友很少，所以太过孤独；或许是因为当你走向社会逐渐受挫，你明白言多语失、凡事不要强出头之后，选择了沉默。

总之，当我越来越说的少、越来越习惯听命令的时候，就逐渐开始害怕在人前讲话，尤其是一旦有很多人围观，在那些目光的注视下，我会瞬间头脑空白。

30岁之前，我渐渐习惯了和文字打交道，和同事们一起吃饭聚餐，我绝对是那个默默躲在角落里安静吃饭的人，和朋友一起去唱歌，我永远都是那个在角落里小声跟着哼唱的人。
我害怕舞台，但潜意识里又很渴望。我把这个称为自己性格内向。

我这么内向地活了30年，虽然有时候自己也觉得这种性格很窝囊，但从来没奢望过改变。即便后来我因为工作的关系，不得不逼迫自己去和客户打交道，和现场的来宾沟通，向供应商下达命令，但私下里我依旧很安静。
有时候，在饭桌上看到有的同事嘻嘻哈哈的，成为开心果，我也蛮羡慕的，却从来不敢想如果有一天那个位置让自己来坐会怎么样。
我似乎已经习惯了我身上贴着的这个“存在感很低”的标签。

我第一次渴望改变是缘于我来到如今这家企业之后进行的一次培训。那时候，我才来没多久，那是一次为期一年的大型员工和高管一起参加的培训课程，共计八场。据说董事长为此花费了上百万元。我从来没参加过企业培训，更别说是价格这么高的课程，所以全程都玩得特别起劲儿和认真。第一天培训的上午，我们在老师的带领下做了很多游戏和互动，下午的第一个环节就是我们要选出自己的领导骨干，有点儿类似早年的班级选班委。每个人主动上台报名竞选。

也许是受了上午培训的影响，也许和当时部门副经理的撺掇有关，我鬼使神差地站起来去竞选组织委员。当时内心虽然有点儿紧张，但是因为竞选组织委员的人有好几位，我当时的直属领导也在，所以，其实我内心里更多地已经把自己放在了“陪跑员”的位置。

谁知道第一轮竞选宣言过后，我居然晋级了，和直属领导直接 PK；然后在第二轮拉票的活动里，我第一次觉得自己嘴笨，什么话都不会说，又开始了大脑空白状态。

好在我做过公关活动执行，还做过广告，再加上年纪小肯吃苦，这些经历在最后帮助我胜出了，在那一刹那，我好希望自己能成为一个“会说话的人”。

那次培训对我的人生触动非常大，它从根本上扭转了我的一些想法，或者确切地说，让我原本的某些想法发生了偏折，以至后面产生了一系列连锁效应。

那次竞选的七名“班干部”除了我之外，几乎都是集团总裁、总监级的人物，我因此有了很好的接触各位领导的机会。董事长每次做活动之前，都会带着我们这些“班干部”开会，我年纪最小，资历最浅，但每次都要被安排发言。我每次发言完毕，都会自我厌恶很久，觉得自己怎么那么笨，窝囊死算了。

之后不久，我就参加了心理学小组，我当时的目的很单纯，一来自己本身对心理学很感兴趣；二来我希望通过自我了解，可以变成更好的自己。我在小组里年纪偏长，所以，每次我的发言无论是自我介绍还是总结陈述，都非常审慎，真的是深思熟虑、马力全开。

渐渐地，小组里有些人很期待我的发言，这种期待多少会让我觉得有压力，因为那好像在提醒我，只能成功不能失败，这曾经让我感到很焦虑。而因为小组讨论发言精彩带来的虚荣感，一度也让我觉得自己好像有了一些自信，至少我开始享受到说话带来的那种幸福和快乐。

不过假象很容易被戳穿，那一年的年会，我被选为主持人，因为过度紧张引发了过敏，不得不临时退场，给大家添了许多麻烦。我也因此痛定思痛地反思自己，甚至为了克服紧张的毛病，还去做了十场婚庆司仪来“练胆儿”。

渐渐地，我在说话这件事上找到了一些感觉，慢慢地我从所谓的“内向性格”走出来，但从没想过有一天我会在大庭广众之下演讲，直到我出版第一本书。

出书这种事绝对不曾出现在我的人生计划当中。

我混在豆瓣许多年，从没有被重视过，直到写了一两篇职场文章，被疯狂地推荐和追捧，直到有编辑来问我，要不要出一本书。即便签了合同，我也觉得写一本书不过是为十年的职场生涯做个总结而已。第一本书交稿后，我问了自己一个问题：我要写第二本吗？如果要写，我是为了什么？

首先，出书一定是不赚钱的，所以我从一开始就没把出书赚钱这件事放在首位，尤其是新人作者，赚钱几乎是不可能的。
对我来说，写一本书的收入只有我月薪的一半，但我可能要为此付出三个月的时间，包括前后的张罗、选题、和编辑沟通等等，这是一件投入大于产出太多的“赔本买卖”。

其次，靠写书成名也不是我感兴趣的。我当时问自己，你再红能红得过刘同和张嘉佳吗？如果不能红成那样，投入这么多时间和精力，到底图个啥呢？

这件事我琢磨了近一个月，有一天，我终于想到我之前的人生其实是因为一场培训发生了改变，如果我能把书里的内容做一个分享，是不是会成为一件非常有趣的事？因为你永远无法预测，来听你演讲的这100人或者500人，他们中谁会因为这短短的一小时而产生“蝴蝶效应”一般无比强大的动能。

在这期间，我能得到什么？我能得到许多演讲的经验！
未来，不论我是自己创业，还是在企业里升为高层，都必须具备的一个才能就是演讲的口才，对在场人群反应的把握，对逻辑关系的归纳、案例的分析、气氛的调动，这些都需要我有机会去实践。除此之外，我内心里对于舞台的那种渴望和恐惧相信也会在此期间得到最好的转化。这将会成为我逐渐修正自己性格的一个最好的契机。

帮助他人，成全自己。这是我做一件事最大的出发点，且缺一不可。当我明确了我为什么要做这件事，做了这件事可以给别人带来什么以及给自己带来什么之后，就突然觉得眼前的一切都明朗起来。

我已经过了小朋友那种头脑一热随便做做的年纪，既然打算要做，就一定会有成本投入，让自己觉得自己的投入不后悔，最大的理由就是要学会确立一个利人利己的远大目标，这样才能找到自己的原动力。

因为我需要不断明确自己为什么出发，不想明白的话，我根本走不远，即便出发上路，一旦遇到挫折，也无法找到强大的支撑力让自己继续。

想通了自己要什么之后，剩下的就是分拆计划去执行。而我除了要按照这个标准去选择可以接受我的想法的出版合作伙伴之外，首要任务就是我需要先了解作为一个培训师需要什么基础，为此我报名参加了集团内部的培训师课程。

把你知道的说出来，这并不容易，把你知道的内容，有节奏、有步骤、很精彩地说出来更难。但这种挑战让我很兴奋，因为我每练习一次，都觉得这是对自我领导意识的一次提升。所以，我开始把老师在课堂上讲授的一些技巧应用到实践中去。

第一本书上市之后获得了好评和反响，希望和我签约第二本书的出版方开始增多。我在和对方沟通达成一致后，尽量都采用面谈的方式。我把每一次的面谈都当作一次演讲的练习。通过每一次练习，我在不断揣摩自己的表达重点对方是不是可以更准确地接收到，包括老师在课堂里讲到的手势、身法等等细节。这是一个非常有趣的过程，我每讲一次都会很兴奋。

那种对未知原有的恐惧开始下降。

我在电话里对爱德说："如果那个职位是你一直都很想尝试，以后也一定会达到的位置，那么为什么不去试试看？如果因为前方的未知而感到迷茫和害怕，那就索性把这次机会当作一场练习赛，让自己在这个时段学习如何做一个高管，如何做一个培训师，其实人生所有的经验不都是失败累积起来的吗？那么就把每一次的挑战，都当作一次练习吧！哪怕这一次效果不理想，只要善于总结，下一次一定会更精彩。"

爱德听了我的这番话，表示需要慎重地考虑一下。我挂了电话，就听到主考官在喊我的名字。我紧了紧领带，擦了擦汗湿的手掌，对自己说：没关系的，每一次挑战，都只是一次练习！

## 因为平凡，所以只能更努力

最近川叔很忙，忙得有点儿体力不支、心力交瘁。

手里有公司的年会、即将出版的杂志，有新书的宣传和马上要交的稿子，还有一堆要谈的事儿、要见的人。

而我，始终只有一个。

出版公司帮我安排了接下来的大学演讲，密密麻麻的行程表是我之前所期待的。

曾经有人问我，为什么要那么忙、那么拼命？

我说，因为我没有时间了。

没有时间？怎么会呢？你是不是也这样想？

一个作者能红多久？三五年。
一个没有任何背景和资历的作者，能红吗？不知道。
我这种豆瓣系的作者，开始的时候不过一两个，之后呢？犹如雨后春笋，一百个、两百个。
今年出书的人那么多，我的位置又会在哪儿呢？

我不是一个喜欢坚持的人，但我喜欢努力。
我不会站在风口等机会，因为我讨厌等候，但是我可以做到，刚好路过风口，被风吹起来的时候，我要第一时间让自己明白：随时保持清醒，明确目标。

我只是想看看，自己到底能飞多高。也就是这样。
这就是为什么我如此忙碌。
因为不希望有遗憾。

这是一个看脸的时代，这本来就不是一个公平的世界。
所以平凡的你我，没有家境，没有背景，没有太多牛 × 的叔叔伯伯等熟人。
常常听到一些抱怨，自己出身不好，长得不好，笨嘴笨舌，笨手笨脚，好像命中注定的一样。

是的，没错。
人家看起来好像不费力气就得到的东西，我们需要做很多努力，还不一定能做得好！
是的，没错！
人家好像天生的脑子好使、样子好看，所以一路飞升，我们一辈子都追不上他们。
这样说，自己内心就好过一些吗？

我们要用好几倍的努力，才能勉强达到那些有家世、有背景，甚至有外表的人的基础，然后还是被踩在脚下，这样做有意义吗？
其实我也不知道，因为我认识的那些有点儿家世、样子好看的人，他们都比常人更努力。
所以，那些成果真的是天生就有的吗？

为什么富人越富、穷人越穷？
有时候是不是心态起的作用？
因为基础差，觉得做了也白做，所以是不是越是这样，才越苦×、越穷呢？

我觉得，越不如别人，才应该越努力。

因为本来就平凡，只有努力，才可能是唯一的出路。

我是一个很蠢的人，蠢到 35 岁还一事无成。
我从来不敢说自己多成功，因为我担不起。
有段时间，我甚至连做梦都不敢去想，因为觉得想得太好又做不到，那只会更痛苦。
有一点我始终相信：人生要学会把握。

每个人的脚下都有一个舞台，我们都努力地在上面演出，只是有的人演的是屌丝，有的人演的是努力向上的屌丝。
那些在镁光灯之下的，是少有的成功者。

我没法预测什么时候镁光灯会照到我。
我和你一样，在黑暗里，会懈怠，会消极。
但我会在镁光灯扫到我的时候，努力鼓起勇气去做最大的跳跃。
然后有一天，灯光，就在我头顶停住了……

是的，我不敢预测它会停多久，因为那没意义，我也决定不了。
我能做到的是，现在我忽然意识到，全场的人都在看我！
我要用最短的时间去压缩自己的紧张，然后开始我的表演。
努力，是我当前唯一可做的，不是吗？

在机会来的时候，就努力地去发光、去璀璨。

人生，不应该时时刻刻都是这样吗？

所以你问我，为什么我那么努力？

我总在想，其实我做得还不够，真的还不够，我还可以做得更多。

人，确立目标很容易。

我要减肥，我要学英语，我要找个好工作。

但是，去做，很难。

所以才会有那么多人给我写信，诉说苦恼，其实大多数时候，只是因为他们没有那么多力气去完成。

我帮不了他们什么，但是至少我可以告诉他们，我是如何一步一步走向目标的。

哪怕我的目标最后没实现，至少也可以分享我的失败。

这就是我想做演讲的理由。

因为，我想面对面，和你聊聊。

# 别拿压力当借口

春节假期休完回来，领导找我谈话，说两周后要开的年会上，优秀员工的个人事迹还是希望用一个视频短片来表现。

春节前，年度优秀员工的名单一直不能确定，我就已经和领导示意过多次，这件事拖到年后可能就不能拍短片了，只能使用最基本的 PPT 做展示。

我本来以为领导也非常清楚这个情况，没想到周一晚上名单确定之后，周二一早得到的还是原来的要求。

一听到这个决定，我第一个感觉就是：头炸了。

每年年会，我都是核心的策划人员外加现场打杂的执行主力，此外还兼职主持人。
曾经一举创下七个环节主持六场的心酸纪录，领导给的建议是：“你只有挖掘到了接班人，才能放下这个话筒。”但男主持人本来就少，而且所有的培养都有风险，也都需要练习，作为一年一次的年会，哪有那么容易找到人接手呢？

我并不害怕主持，也不反感去做现场执行，只是那时候会苦于自己真的是分身乏术。
所以每年一做完年会，就觉得自己好像被扒了一层皮一样。

今年的年会压力尤其大，因为年前有很多事项一直不能确定，所以年会改在春节之后开。这就导致许多东西都要调整，包括前期的宣传物料印制准备、现场的布置、礼品采买、节目的排练、主持人的台本撰写等等，这些都已经让我觉得心力交瘁了。

此外，今年是集团成立十周年，我还不怕死地要制作一个十周年回顾的视频短片。为此已经在年前采访了二十多位高层领导与同事，本来想着年后回来还有一周多的时间可以搞定它，但领导的这个决定意味着我不但要做好这个短片，还要在很短的时间内再拍八个视频短片。

我要在一周内，不！应该说是四天之内就要协调好外面的拍摄团队，做好八个人的前期沟通工作，确定好统一的拍摄时间，做好每个人的背景调查，写好八个拍摄脚本，并且为了节省经费，最好能统一集中在一两天之内完成拍摄。然后，还要在下周两三天之内做好剪辑以及片头包装工作。

做不完！肯定做不完！
这个负面的想法一直在我脑子里打转，而且越来越清晰。
但我深深了解直属领导的性格，更明白没有一个企业喜欢接到任务就直接拒绝的员工。
那么怎么办？

先去做执行，至少先去做做看！
我先和拍摄团队进行了第一轮的沟通，但对方的时间也很难协调，只能给出周日一天的拍摄时间。

怎么办？按照常规的操作经验，从上午 8 点开始拍，一直拍到傍晚 6 点，一天最多只能拍摄六个人。而且这次还需要拍摄一个团队奖，涉及现场超过三十人的人员调动，一天的时间非常紧张。
现在条件又如此受限，怎么办？

带着思想和情绪上的极大压力，在头脑中迅速确定了几个人员时间分配的方案以及必须在白天完成拍摄的人员名单，有了初步的想法，我开始马不停蹄地和获奖员工、和团队沟通拍摄时间。因为周日拍摄占用的是大家的私人时间，所以必须提前沟通，让对方方便空出时间。这样，以上午、下午、晚上为可转换的点，知道每个人的时间要求，才能更好地安排拍摄的时间表，做到不浪费经费，不浪费时间。

但是，第一个沟通的对象就让我大吃一惊。

“对不起啊！我现在不在国内，要下周一晚上才能回国，你看能不能让拍摄团队再辛苦一趟啊？”

当我挂了电话的时候，真的体验到了什么叫作“万念俱灰”。

拍摄团队不可能因为你一个人再来一次，因为没有多余的经费，而且摄像师周一一早就去外地，没人、没机器，怎么办？

我又不死心地和拍摄团队再确认了一下，并且说明了情况，看看对方是不是可以通融一下，也许会有奇迹呢？

对方的回答非常肯定：“不是不帮忙，是真的没有时间，而且也没有多余的摄像师和器材，你只能自己想办法。”

压力，潮水一般涌来。

最先崩坏的是情绪。

我深吸了一口气，平和一下内心的激动，然后去洗手间，把自己关在隔间，把马桶盖放下，坐下来试图让自己冷静一会儿。

我忽然想起四年前我也面临过同样的状况，那是我才来公司不到一年的时候，当时公司的高端项目要在香港马会做第一场亮相发布会。受邀参加的都是非富即贵的高端阶层，公司从上到下，所有的管理层都非常重视。因为是第一次做如此高端的发布会，所有人都没有经验，大家难免有些紧张。

我当时负责活动的执行，包括确定酒店、餐饮、现场环节、嘉宾通知，以及与公关公司的对接。

说实话，我是经历过很多活动的人，也服务过大佬型的领头公司，更做过三五百人的活动，但那时我们都有一个团队在支撑。

现在就只有我一个人，我需要上上下下打点，跑前跑后地负责，查缺补漏地确认，一遍一遍地沟通。我手下没有任何一个人可用，也没有人可以配合我前期的工作，包括物料的确认、设计方案、现场布置，甚至酒水等级，我自己并没有做决定的权利。我只能一遍一遍地和相关的负责人以及领导去确认，不厌其烦地按照时间进度，要求对方反馈意见，以便最终达成一致。

让我绷紧的神经一下子垮掉的是活动前的最后一次碰头会，当时公司的大领导都来了。虽然相关的领导都确认过活动方案、现场环节以及设计方案等，但作为领导层面的人，其实心里也都很怕环节出错或者现场出纰漏，所以大家就开始提问，比如这里会不会有什么问题？万一现场有这样的状况，我们要怎么做呢？我开始的时候还一一解释，后来随着问题难度的加大，我只能苦于应付。

凡事都不可能万无一失，连春节联欢晚会都可能出现口误或者现场错误。

做过那么多场公关活动，我深知每一场都会有一些遗憾，但是领导们并不理解，对他们来说，这是一场只能成功不能失败的战役，所以焦点就集中到了我这里。

最后问题已经变成了万一现场有各种突发情况，比如：停电了怎么办？礼仪上台摔倒了怎么办？你有什么预案吗？你能有更好的办法吗？你能给大家一个保证吗？

我就好像被十盏镁光灯同时照射的老鼠，快被烤焦了。

这时候，董事长替我解围：“你们大家为什么都把矛头指向小川？你们要保障的应该是自己到现场去问问自己能做什么，能分担什么任务，能帮忙避免什么缺憾，而不是在这里做提问先生。他不是这件事的主要负责人，他只是帮我们去架设一座桥梁，做一条纽带，你要他负责？你要他负什么责？”

这番话，就好像刺破膨胀气球的刺，我心里积压的那些委屈、不被理解，一瞬间都涌上来了。

相信很多在职场打拼的人一定都有过这种感受，就是那种，因为我可以，所以就拼命让我做吗？是因为做得越多，所以就错得越多吗？所以那些不干活的人才有资格指责干活的人吗？

我借口去洗手间，也是如今天一样躲在隔间里，将一次又一次涌上眼眶的泪水压下去，一点一点收拾自己的情绪。

压力，是一个怪物。战胜它很多时候是思想和情绪上的。大部分人觉得它难以战胜，是因为很多时候你在想法和脸上就已经输了。你会觉得失望、沮丧、没办法，难以超越。

那次会议之后，刚好是元旦三天长假，我非常任性地把手机关机了。关机前，给公关公司和相关负责领导发了一条短信，说我要进山一趟，未来几天手机可能没有信号。

我决定报名参加一个短期禅修小组，去寺院禅修。那是 12 月的寒冬，寺院在两山中间，下午 3 点以后，太阳的热度就会下降，房间里没有暖气，每个人都穿着大衣，不断地喝着热热的苦茶来增加热量。

我原本以为寺院里的师兄、师父都应该是古装剧里演的那种方丈，有着慈眉善目的表情和难得一见的袈裟。后来才知道，师兄是每年定期来这里帮忙，他就是我们见过的最普通的中年人的模样，不开口的时候，你绝对想不到他如此深藏大智慧。我听师兄一直在用俗世的话语说着佛法的道理，直到有人开始提问，师兄就沉默一会儿开始解答。

轮到我提问的时候，我就说了自己面临的情况，觉得现在压力很大，内心有很多委屈，我说：“我甚至都没有力气，也没有信心完成假期之后的活动，我总觉得一定会失败，一定会出问题，然后自己被当作替罪羊开除。”

师兄并没有问我为什么会如此负面地想，或者为什么我会如此消极。
他只是问我：“没来这个公司之前，没拿这份高薪水之前，你做什么？拿多少钱？”我回答说：“上一份工作在广告公司，一个月拿 5000 元，扣完税之后 4000 元出头。”
师兄又问：“在那之前呢？”
我说：“在那之前我在图书公司，一个月薪水只有不到 3000 元，还需要接很多兼职才勉强做到 3000 元出头，很辛苦。”

师兄笑着说：“很辛苦，但是依旧活得好好的，对吧？所以即使你现在失去一切，也不过就是回到过去的苦日子而已，但你还活着，不会死。而且你问问你自己，即便这里真的开除你，你还真的能一下子掉到过去的那个水平吗？”

这句话，我没办法回答，因为我不知道……

那天晚上，我们被分到简易房里。因为天冷，所以专门为我们开了一个小太阳的加热器。

以前来过的人告诉我，其实之前的禅修是没有这个福利的，因为修行本身就需要接纳辛苦，如果舒舒服服地享受，也许你就没办法打开觉知，开启智慧。

我窝在嘎吱作响的上下铺上，一直睡不踏实。看着被加热器照得模模糊糊的房顶，我第一次觉得那上面藏着一只叫作压力的怪兽。

是的，它吃不掉我，我也不会死，不管我能不能战胜它，我都不会死，也不会比过去活得更糟！

再差，也不会比过去更糟。

这句话成为激励我站起来的加油金句，也成了我给一些年轻人的鼓励。

有人曾问我："是不是人生要幸福，就必须吃苦？"

我说："吃苦不会让你更幸福，只是让你知道，过去你曾活成那样，再差也不会比那更差了。"

我始终都相信人的力量、精神的力量，以及坚持的力量。

当你知道你不会被打倒，而且打倒对方只是迟早的事的时候，你就会莫名地多了很多勇气。

压力，其实最害怕的就是自信。

从隔间出来，我在洗手台一边洗手，一边看着镜子里的自己，内心反复追问，真的就一点儿希望都没有了吗？

你是不是一直都在纠结如何战胜情绪，却还没有开始想解决办法呢？
一定还有希望的，只是你还没找到。

我再次回到工位上的时候，已经心平气和了很多。我拿出一张纸，开始画思维导图，在上面罗列我的安排和解决办法。
所有的一切都必须基于目前已经确定且无法改变的现状。
目前摄像团队只能周日拍摄，目前有一位重要成员在国外，目前一天的时间无法完成八组人的拍摄。
那么，有助于问题解决的途径有哪些呢？
无法参与拍摄的人员延期拍摄，按照他可以配合的时间来拍，那就需要寻找摄像的器材以及可以摄像的人，这是我目前无法解决的，可能需要求助。
去掉在国外的这个人，还有七位，也超出了原有的预计，那可不可以修改一下拍摄脚本和拍摄方法？因为有两个得奖者之前接受过采访，可以拿之前采访的素材，用剪辑的手法配合奖项去做包装，这个形式领导是否认可？

如果领导不认可，那么可不可以将采访里的精华部分变成关键词，形成他们的得奖理由，之后再依据短片的要求，补充录制一些镜头？这样既节省了拍摄时间，也可以达到要求。这一点需要和领导确认及说明情况。

这样，七个得奖者去掉两个，还剩下五个人。考虑到涉及一个团队群体的拍摄，现场调动人员的时间需求一定非常大，所以可能还需要压缩一下时间。我发现其中一名得奖者和出国的那位领导是一个公司的，如果需要下周拍摄，那可不可以把两个人合并，都转移到下周呢？

做好了这些思路整理之后，我赶快找领导说明情况并求助。

领导同意了我的想法和解决方案。两个已经采访过的人先剪一个样片确认一下能否达到得奖视频的要求；另外一个，周日补拍一个一分钟左右的镜头，同公司的可以合并在一天拍摄。拍摄的器材和人，她去帮忙协调和落实，我需要提前和剪辑团队明确拍摄的要求和规格。

如此一来，我一天只需要拍摄三个得奖者和一个得奖团队，补拍另外一个得奖者的部分镜头，提前确定下周的拍摄计划、人员和安排，落实好了拍摄要求之后，和下周的拍摄团队对接。

当我拿着这个满意的结果从领导办公室出来的时候，肩膀上的压力消失了。

我看到走廊尽头那黑漆漆的角落，仿佛压力那只猛兽就藏在那儿，冲我嘶吼着，又面带遗憾。

我知道，这次它吃不了我。

只要我确认我不会死，而且我也不会活得比过去更糟，那么，凡事就总会找到可以解决的办法。

和压力对话，需要勇气，更需要自信。

只要你不断让自己明白内心已有的战斗力，它就会像现在这样，只能嘶吼着站在你对面，却无能为力。

再难，你也会活下去，而且会活得更好！

## 没错，我所做的一切
## 都是为了我自己

很多人说我的回信风格犀利，总是能一语破的，但并不是人人都能接受这种耳光响亮式的做法。即便大家都知道川叔平时就是这样的风格，也看过很多我回给其他人的来信，但是看别人被扇耳光和被人直接打耳光是两回事，所以偶尔也会遇到被打了耳光接受不了，也想扇回来，甚至扇得更用力的人。

人嘛，都有自尊，也都有反弹心理，这个可以理解。

我从来都不是一个坚强的人，更谈不上勇敢，所以如果谁对我的回信方式不满，回来把我臭骂一顿，我的第一反应就是道歉。
不管你之前怎么评定我，怎么看我戳别人，这一刻你觉得接受不了，我就会为我的这个方式道歉。因为解释没有意义。
当然，如果有这种情绪反弹的人多了，我就会反思是不是我自己出了问题，我不是那种自己活得特骄傲，而且可以认定自己一直是对的那种人，也不是那种无论多少人骂我，我都可以一个人继续下去的人。
我不是。

很多时候我都很随性，就好像做节目。
对我来说，去做某事，一定是因为兴趣，而兴趣坏了，就没了做事情的意义。
做广播如此，写书也如此。

我写完第一本书之后，没打算写第二本。
因为我没有任何理由再写，为了钱吗？一万多元的版税是我月收入的四分之一。
为了名气？有句话说“欲戴王冠，必承其重”，我为了一本书，就需要把自己的脸和人生，放在大庭广众之下被人指摘，也许还会有好事者去八卦隐私，如果是你，你觉得值得吗？

让我想清楚去做这件事的理由最初很简单。
我曾经和现在毕业的大学生一样，我们都迷茫纠结过，我们都想过如果这时候有个人和自己聊聊，会不会苦 × 的人生就没那么苦 × 了。
一本书改变不了你的命运，一个人也不可能，但是，有时候一念之间的想法或许会改变你。

十年前，我没遇到过这样一个人；十年后，命运让我被一些大学生认识，最后我还在犹豫，我要不要做这样一个“别人的朋友”，因为这是一件费力不讨好的事。

后来我决定去做，只是因为我觉得，有机会，为什么要花时间去犹豫？现在有人喜欢你，那就去亲近，也许过了两三年，你想去做这件事，但大家都不喜欢你了。
为此我决定，我要出书，但是一定要配合演讲。
很多出版商都觉得我疯了，有的编辑还说：“你这是想红想疯了，这个噱头不流行了，你做活动，你讲什么？你会演讲吗？”
在前几轮谈判的时候，出版方也会问我：“你这么做是为了什么？你想凭这个卖书吗？别做梦了，你一场演讲会有几个人去？两百？三百？就算这些人听完演讲都能买你的书，也才不过两三百本，还不如去网站打一个广告、找人发个微博卖得多。你别瞎耽误工夫了。”

这些话就好像一个耳光，抽得我脸疼。
是的，如果靠演讲去卖书，简直是天方夜谭。

我重新审视和寻找自己的目的，帮大学生做这件事，我能获得什么？我可以更近距离地知道如今的大学生在想什么，但这有意义吗？我又帮不了他们什么，他们需要我的帮助吗？

我要从自身出发，寻找我可以在这个帮助里获得的价值点。不然这事没办法做，因为没有目的也就没有出发点。然后，我觉得我内心里有一块东西需要补全，那就是演讲的能力。

是的，一个合格的职场人必须具备的一个能力就是演讲的能力。
我做了好多年的主持人，但主持人永远是绿叶。我做了许多年的电台节目，但电台永远是倾诉。而演讲是什么？是高于倾诉的讲述，是互动，是交流，是主角，是焦点。

我有资格成为焦点吗？我会害怕吗？我肯定会。
那我要不要做呢？当然要做！
我有没有资格成为焦点？我不知道，但是不去训练自己，就一辈子都没有资格成为焦点。
我不知道我会一辈了都当一个总监，还是未来可以成为总裁，或者是公司的创始人。
无论我未来成为什么样的人，讲述和倾听的能力，我都需要具备。

我最佩服的两个人——马云和乔布斯，他们都是演讲的天才。

他们那么伟大的梦想是靠什么实现的？靠讲述。

因为大部分梦想都是依靠大家来完成的，而大家是怎么聚拢过来的呢？

大家是因为听到了你在讲述你的梦想。

即使今天我笨拙地在这条路上迈进，而且也许一辈子都到达不了，那也没关系，因为，这就是我可以做到的，超越自己的一次行动。

没有什么比行动更重要。

那么，这么去想，每一次演讲都变得十分有意义且重要。

我要让来听演讲的人有收获，更重要的是，我要在每一次演讲里自我有收获。

我希望每一次都能是一个全新的自己，都能有变化、有成长，哪怕只有一点点。

我重新梳理了自己的定位，带着这个去和出版方谈。一个不行，我就找下一个，我一遍一遍地描述我的这个想法，并且逐渐去丰满它，让它立体，我希望和我合作的出版方认同这点，并且接受这个想法。然后从第一本书出版，到第二本书出版，这期间，我对接过 29 个出版方，有 16 个人听我描述过这个梦想。

可以接受的，只有两个。

没关系，两个就够了。

出版方可以接受我的这种方式，实际去执行的时候还是有难度和分歧。
出版社觉得做活动就要拉动销量，如果现场不能卖书，活动可能就大打折扣，而且也没办法出动人马和资源去配合。
我则觉得无所谓，因为对我来说，演讲是第一位的目标。
最后达成了共识，出版社帮我联系的活动，我全力配合。
我自己也可以尝试去对接一些学校，只要我觉得可以。

所有的行动开始都是艰难的。
一个没有太高知名度的作者，想在高校、名校做活动更难。
我今年的目标是十场演讲。
为了让自己具有一点儿基本的演讲和培训技能，我报名参加了培训师的专业课程。
我自己联系了几个学校，但对方都兴趣不大，因为要动用人力、物力、金钱等等，他们并不想把那么多精力花在一个不太红，甚至没多少人知道的作者身上。

打击，是肯定的。

我对自己说，没关系，机会没来临之前，我要问问自己，还可以做哪些准备？
除了给大学生做演讲，我还可以给他们什么实惠？可以给他们工作机会吗？需要找哪些企业去谈？谁能帮我呢？

我首先想到的是一些大企业，因为我觉得大企业每年都有很多校园招聘，我能申请一些招聘名额吗？我能帮忙推荐吗？

当然，结果是可想而知的，几个大企业的反应都差不多一致：请问你是谁啊？这么做对我们有什么好处啊？抱歉，我要请示我们的人力资源总监，等等。

后来我决定更换跑道，找创业企业聊聊，为此我加入创业者最多的优米网和“罗辑思维”。我参加了大大小小很多场活动，并且通过发言、表现、聚会、帮忙等多种形式，找到乐意接受我这个观点的人。

我为自己定了一个目标，我要在 2015 年，做 12 位创业者的深度访谈，并从中挑选未来可以合作的伙伴。

就这样，2014 年的下半年，我的大部分时间都在忙碌，忙到飞起。我利用了自身所有的长项，包括自己过去做广告、公关、电视的经验。只要你有需要，你觉得我可以，你想做什么，我都可以免费帮你策划、协商与执行。

搭建情谊，肯定不是一朝一夕可以完成的。

建立信任，也一定是在彼此互相欣赏的基础之上。

我有什么可以让对方看到，而且必须有让人觉得震动、璀璨的点？我要不断地、狠狠地磨炼自己，让自己更发光才行。

除此之外，我还想到我没有演讲的经验，如果第一场就失败了呢？

所以我需要先从小的做起。
经验都是从失败中得到的，信心也一定是从打击里建立的。
之前和两家网站有合作，他们听说我有演讲的想法，就觉得要配合他们的线下活动，可以赞助我做。

所谓赞助，就是他们可以联系场地，帮忙发起活动和通知。
2014 年 11 月，我做了人生第一次小型沙龙活动，到场近百人。
没人知道那一刻我有多激动，不是因为兴奋，而是因为感谢。

现在我在每次活动开始都会说："感谢你能来。"
因为你永远不会知道，你的参与，对我来说具有多么非凡的意义。

12 月，做了第二次沙龙活动。也就是在那一次活动上，我遇到了北京广告公司的工作人员，她们听到我在演讲里描述这个梦想，非常有兴趣，成了第一个能够支持我活动、给予我名额的伙伴。

之后，天津商业大学的活动负责人给我写私信，邀请我去做演讲。我兴奋得整晚睡不着，后来因为档期调整，将原本寒假前的活动放到了开学后。

元旦后，责编说《扛得住，世界就是你的》发行破十万册了。
更多出版商就好像发现了宝藏一样，潮水般向我涌来。

我说："现在有两位支持我梦想的出版方，所以我要先把答应他们的书出了。"

我不知道未来我遇到的出版伙伴会不会善待我的这个梦想。
我也不知道我这么做到底对不对。
我甚至不知道把推荐名额带入演讲到底对不对，我没有太多经验，我推荐的人会获得二面的资格，最终会被留下吗？
这个经历对他们会有帮助吗？这个机会对他们重要吗？
我都不知道。
但是，去做，就会知道。

我要感谢宜信金融和大唐财富，因为听说这次我是去商业大学做演讲，他们和我联系，并提供了宝贵的名额。
我不知道未来还会不会有公司联系我，并通过我为大学生提供机会。
我也不知道未来会不会有高校邀请我，让我可以距离学生更近一步，离梦想更近一步。

前段时间，有位网友收到我的回信后非常气愤，给我回了一封冷嘲热讽的信，为此，我甚至一度动摇过关于回信这件事。为此我也在微信平台发起了提问：不知道大家对我昨天的回信到底怎么看，因为我很怕在此期间迷失了自己。
那个妹子在回信中有一句话让我觉得有点儿难受，她说："你这么做到底有什么目的？还不是为了自己可以红、可以腰包鼓鼓吗？”这话就好像一把刀子戳在我的胸口，我一天都没缓过来。

后来我反思了一下，也许这话说得没错，是的！我这么做，的确是为了我自己，成了更好的那个自己之后，的确会带来丰厚的收入和利益。

我不乐意承认这一点，是因为我之前一直以为自己很“无私”，我没办法接纳被人这么指责和歪曲。转念一想，有时候，我们在潜意识里把他人做事的目的和金钱挂钩，这样好像他就变得没那么圣洁，并且可以嗤之以鼻，这也是把一些人拉下神坛最好的办法，这就是人性嘛！

因为有了钱这个目的，所以才能理所当然地忽略你所有的付出、努力、曲折与被嘲笑，因为那是你咎由自取。

有时候，我们或许没有勇气和能力去做某事，但是嘲笑他人，我们非常有立场。因为嘲笑很简单，去做很难。

不是人们不爱去赚那个钱，嫌它臭，而是你的内心里知道去做这件事有多艰难。

没关系！至少我去做了。

不奢求你的加油，也不怕你的冷笑。

因为从头到尾，我都是为了我自己。

# 第五章

## 人生不可避免地
## 需要发问，
## 尤其是在你不懂的时候

# 自己的人生自己负责

**来信**

小川叔：

你好，我觉得这样很冒昧，我也不知道会不会得到你的回应，可是看你的东西觉得你是个很真诚的人。我的生活节奏很慢，我有亲人、朋友、同学和一颗不安分的心，唯独缺少一个能给我指引的人，当然我也非常清楚：无论什么时候，都只能靠自己，人的一切都是自己创造的！

我在一个还算可以的专科学校选择了市场营销专业，今年6月就毕业了。我对未来、对工作，有着盲目的热情和追求，不过我也不敢轻谈理想，怕日后成为别人的笑柄。这似乎是所有即将踏入社会的学生的一种通病，有使不完的劲儿，以为靠自己的努力能够得到一切回报。我讨厌有这种想法的自己，但我无能为力，因为我正处在这个阶段，没有经历过，就只能借鉴别人的励志故事，真是挺蠢的。我开始越来越讨厌“青春、迷茫、累”这样的字眼，可明明以前我真的就很喜欢。人一直在变，我能感觉到我的变化，有时候会傻傻地想：我现在一直在摆脱的这些自以为的缺点，可能恰恰是有些姑娘所特有的、珍惜的、有点儿不太像样的真实。每当这个时候，我会自卑，我不像她们可以在校园里待上四五年，我等不起，我不能原谅自己的不坚强，我得为自己打算。

我觉得自己特别喜欢和别人比较，这让我很困扰。天外有天，人外有人，人只能不断地往上走，怎么可能一枝独秀？我希望能从小川叔这里得到一些建议。谢谢。

**川叔回信**

完全不懂你在说什么，啰啰唆唆，没有重点，还夹杂了百分之八十的心情描述文字。如果你要写博客就找网站，如果你要问问题，就请用一百字简述你的问题。

如果连这点儿总结能力都没有，你可能就会更加自卑。

小川叔

## 又来信

川叔：

我是一名专科学生，市场营销专业，还有半年就毕业实习了。

我想从事营销这一行业。这期间，我也发现好多公司招聘的最低学历就是大专。

那我的问题就来了：

第一，首先我的就业门槛比较高，那我是留在老家潍坊还是去其他城市闯闯看呢？

第二，我一头雾水，虽然学校之后会有招聘会，但我一点儿头绪都没有。我不知道哪个公司是适合我发展的，也就是说，我没有一个完整的规划，有同学想去金锣，我不想去金锣。

第三，还有半年的时间，我还有什么需要加强的？还有什么是必备的？川叔能给我一点儿建议吗？谢啦。

## 川叔回信

你问你有什么需要加强的，我觉得可能你首先需要加强的是总结能力和逻辑思维。

你不小了，马上要毕业了，请放下学生的那一套。现在很多公司的 HR（人力资源）面试的时候，第一题就是：请简单介绍一下你自己。你会总结自己吗？

你提的几个问题都不在点子上，以下这些提问需要你自己总结。

既然专科是你们这个专业入门的最低级，那你为什么还希望到其他城市去嘚瑟？请问你凭什么？你觉得除了学历之外，你最大的优势是什么？请在纸上写出来。

三年的大学生涯，估计你入学没多久就应该知道自己毕业后要面临多么尴尬的处境了，对吗？尤其是现在专科学历基本和没毕业差不多，在这个满地本科生都找不到工作的时代，你想过什么对策吗？比如专升本，或者培养自己其他的特长。如果没有，现在还剩下半年时间，你有什么打算？

人家都说穷人的孩子早当家。如果专科算穷人的话，你是不是应该早点儿懂事？

如果知道学历本来就低人一等，你是不是应该早做打算？

在学校得过奖学金吗？有过什么出色的表现吗？有过什么竞赛得奖吗？成功组织过什么大型活动吗？

如果没有，那你在干吗？市场营销，你就是这么营销你自己的吗？

所以现在问问你自己，留在老家，你能找到啥工作？优势是什么？劣势是什么？

出去，你做好准备了吗？心理上的、金钱上的，一线城市、二线城市，你有想去的地方吗？

如果没有，请自扇耳光。

自己的人生自己不负责、不计划，你指望谁给你计划？

我吗？你付多少钱给我啊，亲？

至于你说招聘会不知道投什么公司，呵呵，你怎么不问问你自己能做什么？

这就和你大学的时候做了啥是一样的。

假设现在有电视节目的广告业务员、企业的市场销售、电子产品的客服代表，你会选择什么？如果你三个都选，你会怎么做？如果三家都告诉你可以去面试，你能准备多少东西？

别告诉我，带着一颗红心，自信上路。对不起，那是傻×的行为。

基本的背景调查、行业了解，还有面试前的准备以及网络攻略，请先自行百度一下。

面试流程豆瓣都有，请提前看一下。

之后一定还会回到最初的那个问题。

面试官一定会说："请简单介绍一下自己。"如果你的回答不完整，他一定会追问："那你觉得你的优势是什么？你为什么适合这份工作？"

如果以上这些你都想不明白，我觉得你还是直接去金锣做火腿肠算了。

真的，脑子不好使，也不想考虑问题，懒得思考，就会问问题的姑娘，只适合做基本的体力劳动。

小川叔

## 又来信

谢谢川叔。我觉得受益匪浅。我会重新思考所有的问题，希望半年、一年、两年以后再给你发邮件的时候，我是另外一个样子。谢谢。

## 又来信

川叔：

我之前给你写过豆邮，我7月的时候就要出去实习了，实习地是在上海，实习期间带薪培训，2000元。我不知道为什么写下这些字，就想和你说一声。我现在没有以前那么懵懂了。路在一步一步地走着。

## 又来信

川叔：

你好，还记得我吗？距离第一次给你发邮件的时间刚好一年，我休七天年假，现在在老家。每次读你给我回复的邮件，都会有完全不一样的感触。每天都好紧张，也好辛苦，也发现了自己太多的不足之处，像英语、见识……想读书，有时候也是拿不出时间来，嘿嘿，你看完我刚刚说的这句话，是不是想说“自己不努力还想有所得，真是笑话”？哈哈。我会合理安排自己的时间，让自己可以做更多自己喜欢的事情，朝着自己喜欢的培训师发展。

川叔，新年快乐，祝工作顺利！我会努力工作和生活，做一个明媚的姑娘！

## 应不应该换个工作，这要问你自己

### 来信

小川叔：

你好，我现在有个比较纠结的问题，想咨询一下你。

我现在做出纳工作，月薪差不多六千元，一年下来，能挣个十万元，而且公司提供宿舍。可是待在这个公司里，我有可能一直会做出纳的工作，感觉特别安逸，每天都无所事事。

我现在就想换个工作，不打算做财务工作了，可是不知道应该从哪儿着手。我没有其他任何经验，本身特别喜欢热闹的地方，喜欢有挑战性的工作。现在真的很纠结，我应不应该换工作？因为有可能我找到的工作，工资远远没有现在多。或者说，我应该换个什么工作？望指导。谢谢。

### 川叔回信

你这问题问得好奇怪啊！你这就好像去算命，说："先生，我今年25岁了，目前无忧无愁，想找个男朋友，你觉得我找谁合适？"

妹子，换工作是一种需求，你至少得找到一个理由吧！

放弃原本的，去找别的，这需要动力。

你问一个外人，你应不应该换，你不觉得这样很蠢吗？

还有，你目前的工作也没什么不好，你一个劲儿嘚瑟，其实我看不到理由。如果理由就是你不想一辈子做出纳，那我就想问你，你觉得你适合干啥？

如果你问我："大师，您觉得我适合干啥呢？"

我只能说："亲，滚，不送！"

你连自己适合干啥、自己想干啥都不知道，你就写信问我，那真的是浪费彼此的时间。你能先想清楚，或者你能想完之后、尝试之后再来问吗？

比如像你说的，你特别喜欢热闹的地方，还喜欢有挑战性的工作。

这让我想到的，只有……商场卖货的啊！热闹且又有挑战性。

那你可能会说，那人家不要我咋办？亲，你是白痴吗？你不能先去试试吗？

哪怕去面试一次，你回来也好意思问我，不是吗？

也许你会说，卖货太 Low（低级）了！我看不起啊！那请问，你看得起啥？你觉得出国旅游带团怎么样？但你有导游证和外语四、六级证书吗？

自己适合做啥这种蠢问题，请先问问自己好吗？

我已经被你蠢得只能说这些了……

完毕。

小川叔

# 绵羊怎么可能征服世界，只能被淘汰

**来信**

亲爱的小川叔：

去年买了你的新书，结果封皮还没拆开就被好朋友拿走啦，索性就来这里给你留言啦。我认识你是在去年的荔枝推荐里面，那时候没想过会有这一天，迫切地想要与你互动，毫无廉耻地榨取你的业余时间。哈哈。

长话短说向来是我欠缺的，嗯，还请忍受我的婆婆妈妈吧。按照时间顺序，我应该这样讲：之前一直准备考研的，考研结束后，我在北京找到一份小时工的工作。作为第一次走出象牙塔的我，在工作中遇到各种菜鸟问题也是可以想象的吧。加之我生性木讷，性喜沉默，不善交际，遇到的麻烦不堪细数。

当下我的职场生活给了我很大的挫败感，时常觉得做事情没动力，无聊。我的情况如下：

经理请病假，长期不在，有一个正式工A管我们。

部门里有两个小时工，还有两个正式工A和C。A在上司面前对我们是用一种和蔼的态度，却在上司不在的时间里“虐待”我们。特别是我，性格软，不会说一句硬话，大量的累活儿都叫我去做，即使有男的正式工C在班，A也是叫我去干苦力。

虽然我是小时工，但都是按正式工的标准来做任务的。这周A安排我做三天苦力休息一天，三个早班，根本没有时间完成上司每天给定的任务，搞得我的业绩现在是倒数第一。然后，看到我的业绩不好，A又会用很横很横的语气训我。

我知道人家是前辈，也是正式工，平日里点子和业绩被她抢走是不敢计较的。可能就是因为我的性格吧，现在A对我越来越放肆，下周我的班都和她排在一起，有一种被盯上的感觉。

她对我们两个小时工的态度都很嚣张，对正式工C却不是。

我的矛盾想法是：反正也就干一两个月，没有业绩没有提成也就算了。转念又想，这是我第一次出来工作，这样稀里糊涂地做完，领一份不满意的薪水，实在心有不甘。以后自己从事医生的工作时要怎么样呢？现在我不知道该怎么做，好像遇到了瓶颈，又好像不是。

总之，对自己的表现很不满意，不知怎么就落到这个境地，对自己很恼火。

此次兼职小时工的目的是体验社会，想着自己一定要尽全力做得优秀，不要辜负很长时间的蛰伏。结果却如此汗颜。

现在的局面真的有些打击了我的情绪和斗志。你会不会骂我太无能啊？

自我反省，觉得自己性格不好，甚至有点儿软弱，总是笑眯眯的，像一只绵羊。那么，我应该怎么改变现在的处境呢？川叔觉得我应该怎样去改变自己、征服世界呢？或者我真的是遇人不淑啊。求赐教。

## 川叔回信

周末和QQ群的管理员聚餐，其中一个朋友小我十岁，大学的时候已经创业过两次。人生的很多经验，其实都是自己找的。很多人把考试完毕当作走出社会的大门，还美其名曰：“我性格不好，我适应性差。”

我觉得这样的人如果在社会上被坑、被欺骗，才是真的活该。

一个性格不好、适应性差的人，不就应该受到这样的教训吗？

不然怎么成长？

社会的法则不是保护弱者，而是淘汰。

你的经历除了让我知道你是一个在大学里活了好几年，不论智商多高，情商都极低的人之外，我没看到你有啥优点。

一个打工奇遇，被你这个大学生写出来和小学生作文一样，你不觉得自己丢人？

尤其是最后自我总结的那句“遇人不淑”，亲，你的毕业论文真的能及格吗？

这短短的小时工生涯，你要总结的应该是：你最大的收获，你看到的最大的问题，如果你是主管，你要如何去管理不同的下属？新的小时工要如何摆正自己的位置？还有就是，如果你换了下一份小时工的工作，你要如何迅速打开局面呢？

你唠叨了半天，写得和屎一样，对得起你的文凭吗？

这么大的人了，能好好写一份总结吗？

你以为你还年轻吗？

小川叔

## 又来信

谢谢川叔的回信，没想到这么快，哈哈，已经远超顺丰了。

给川叔写完信后，我也在思考，虽然学习知识的能力在学校得到认可，但是我终会有毕业走向社会的一天，还有很多社会知识需要学习。嗯，在经历社会这件事上，其实我还是个小学生吧。

在大学五年里，我几乎放弃了日记和总结，想着要拾起来却又优柔寡断。川叔的一番话，让我有了更加清醒的定位和认识：不要在别人身上找借口，要变得更加优秀，就应该不断地自我总结，并且修正。

昨天我上班的时候，另一个小时工，也是关系不错的伙伴 B 给我提了建议，说我不会看人眼色做事。原因是昨天我的客户比较活跃，一直都很忙。而之前刁难我的 A 一直闲着没事儿做，还因别的问题被来检查的总部领导训了一顿，脸色很臭。B 说，这个时候就不要自己忙碌啦，我应该把我的份额让给 A，免得她一天业绩挂零，之后还要甩脸子。嗯，这件事真的是我做得不周到，要照顾到周围同事特别是直属上司的感受嘛。我会注意的。

至于总结嘛，我这就开始着手，定期审视自己，年底了，也该花时间安静地想一想自己，当然，还需要像川叔这样的大咖时不时地提点，因此觉得能够遇见你和好同事 B 是一件很好的事。

知道学历并不能证明什么，刚刚经历社会的“小菜鸟”必定要先扛住各种挫折和打击，努力锻造自己的社会学历，才能成长为一个有实用价值的人。你说人生的很多经验，其实都是自己找的。那么，我算是已经开始了吧。我会尽力学习适应社会的能力，奋力前行。

还有就是，我不会换工作，要一直坚持到A完全认可我。我会开始站在对方的角度思考，了解对方的角色需要，全心全意做好自己的份额。

另外我觉得，不管多大年纪，只要能吃苦，就是好少年。就是觉得自己很年轻，怎样？不服你打我啊！哈哈！

# 关于创业，你真的想好了吗

## 来信

川叔：

你好，从昨天我就开始想着给你写这封豆邮了。我是一名理工科研究生，现在读研二了。

前几天，一个朋友问我要不要一起创业，我听得热血沸腾的。这个项目是开一家餐馆，可能想和养生的知识有些结合吧。因为我对营养学非常感兴趣，今年4月要考营养师（这些和我的专业毫不相关）。朋友也是考虑到这个，所以想拉我入伙。现在团队里只有三个人，他们三个是读本科时的朋友，目前只有她一个在本地；如果要开展的话，另外两人估计要经常跑过来，还要再招募合伙人。

我个人也清楚创业的艰辛，但这不是最大的阻碍。我更担心下学期的项目和导师的要求，虽然不很喜欢编程和看论文，但是有时候会觉得这个才是我应该做的。另一方面，我的家庭条件不是很好，担心创业会落得一场空，甚至影响到今年年底找工作。如果按照正常情况，我会在下半年开始找工作，去测绘局之类的事业单位，或者腾讯、华为等互联网、手机企业。我个人不是很喜欢事业单位，觉得去企业里接受一下挑战也不错，而且是个大的平台。因为研究生阶段出过差，对于技术支持类型的工作比较感兴趣。我也带过子项目，有一定开发经验，觉得研发测试类的工作也不错。

川叔觉得我是应该接受她的请求呢，还是应该把专业知识学扎实，到时候去企业里打拼？谢谢川叔，如果有机会，很想亲身感受一场川叔的分享会。祝你天天开心，工作顺利！

**川叔回信**

首先，你对养生非常感兴趣，可这不代表你擅长。这两个词的区别你是知道的，对吧！

其次，判断一个项目是不是可行，除了看你能在这个项目里做什么之外，你还需要看这个项目的启动方式、资金是否到位、后续动作等。

单纯从你只言片语的描述中，我只能简单总结，你的朋友有创业的梦想，然后和你去说，你被这个梦想点燃了……但是具体实操工作不知道是否开展了？

再次，我个人觉得，你对这个创业梦想这么感兴趣，一部分缘于你不喜欢你现在的专业，外加毕业论文和编程。而你又觉得除了这些，你也不知道应该去干啥。

我本来是想鼓励你，趁着年轻做点儿自己喜欢的事儿，哪怕不成功，也可以去试，但你后面又说，你家里条件不好……你可能要因此找不到工作……

好吧！那么让我们来认清一个事实：如果没有创业这回事，你就能找到工作了吗？

如果你觉得没问题，没有创业，你也可以写编程，写完论文，那就当我是乱猜。

那么我再做个假设，如果你真的可以按照以上的说法，做好毕业应该做的事儿，那么你们现在团队里的其他两个人也不在本地，你能否和他们一样，找到工作后，以兼职的身份去帮忙做这件事呢？

等到这件事有了一定的架构和眉目之后，你再决定要不要离开你的工作吧。毕竟你也说了，你家庭条件不好。我这么说的理由是：我看得出你在犹豫。

而且，你很容易顺理成章地把你在创业当作自己找不到工作的借口。

其实这两者没有任何冲突。

你是一个什么样的人，你有多大能量，能够决定你是不是可以找到工作以及你是不是可以和别人一起创业。我觉得这是一样的道理。

你是一个研究生，应该学会独立思考了。这样的一个你，如果在内心和规划上依旧有很多怀疑和犹豫，无法找到一个证明自己的方式，那么显然，找工作会让你受挫，而创业则会让你受到更大的挫折。你觉得呢？

最后你问，是要选择深造，还是选择创业。我觉得并不矛盾。

这不是一道单选题，操作方法，我上文提过。

不论选择什么，关键都在于你内心的那个自我，是不是真的做好准备，决定来面对这未知的一切。

这才是最重要的。

希望你好好加油，期待你日后的决定和好消息。

小川叔

## 性格内向的我，<br>要如何走出这个怪圈

**来信**

川叔：

你好！我在豆瓣上关注你已经很久了，看了你出的书。要不要给你写这封信还是考虑了很久。我是一个不善于沟通，也不喜欢和人交流的人，因为这个问题困扰了我很久，一直没有找到解决的方法，所以鼓起勇气请教川叔。

我已经工作三年了，半年前换了工作，从县城到了省城。到新环

境后，一直不太适应。因为是老国企改制的公司，这边环境较复杂，同事之间相处起来也觉得很困难。半年时间过去了，还没有找准自己的定位。有一位同事，工作时间、年龄跟我相仿，同一时间进入公司，因为她性格外向、做事勤劳、和领导走得近，所以领导比较喜欢她。

而我属于不太爱说话，比较安静，默默地工作的人，领导对我也是不温不火。一直很想改变这种状况，但是不知应该怎么办，求川叔指导。

此外，我写作及逻辑能力不太好，川叔有没有什么好的方法可以提高？因为不太敢公开讲话，想报一个口才培训班，不知是否有效？

希望川叔百忙之中能抽出时间给我点儿指导。谢谢。

**川叔回信**

首先，很多人都误解了不喜欢与人交流和主动的区别。它们不是形容一个不爱说话的人和一个嘚嘚的人。你能给我写信，代表你也希望去解决这个问题，那就要主动。

很多男人虽然沉默寡言，但是关键时刻乐意去承担。

所以主动和爱说话不是画等号的。

外向的人的确很容易赢得别人的好感，但是这不代表你一定可以变成外向型。

改变性格是很难的，所谓“江山易改，本性难移”，这个你清楚。

那么你能做什么呢？保留你的主动。

改变性格虽然很难，但是改变行为其实很容易。

比如主动一点儿，这其实源于你对生活的观察，对他人的关注和关心。

有一些不喜欢交流的人，的确是活在自己的世界里，完全不在意别人的所看所想、所听所感。换句话说，你不把别人当一回事，谁又能把你当一回事呢？

所以，主动和用心，爱说话和爱交际，并不是一回事。

你可以做一个能主动观察他人并且用心与人相处的人。同时你也可以做一个能倾听、有好人缘的观察者。所以，改变自己行为的这件事其实很容易，只是看你是否乐意去观察、去做。

至于你的同事，她得到提升是不是和她的性格有关？除了性格之外，她的做事、执行能力以及细节，你又观察到了多少？

你来信提到了一个词——勤劳，这和是不是爱说话没关系。

你是一个勤劳的人吗？你可以做一个积极的人吗？你说你比较安静，那你能做一个可以安静地帮助别人，他人有事可以主动过去帮忙的人吗？

如果你说的安静，就是安分守己，活在自己的世界里，不与他人发生交流的安静，我觉得那可能不是安静，而是自私。

最后，我想说，逻辑这种东西，大部分是需要练习得来的。如果只有一件事儿，你做得颠三倒四，那没关系。如果是四件事儿，你一定要有轻重缓急之分。

觉得自己说话没逻辑，就提前写个草稿，照着念或者背诵呢？这样的方法有一堆。

最后你说你想报一个口才培训班。我不知道这个班是干吗的，如果你觉得对你有提升，你可以去。但是，不要以为一堂课、一封回信就可以让你彻头彻尾变成另一个人。

那种培训班没有，也不可能有。

你去的时候至少要给自己下一个任务，就好像我打算去锻炼减肥一样。

第一，你至少要通过锻炼，了解你自己的状况。

第二，不论发生什么，如果你决定了就不要放弃。

第三，坚持下去，不要怀疑所谓的方法，因为任何方法都有效，难的只是坚持下去而已。

最后，给自己一个小小的阶段目标，比如，你要通过这十天的学习，可以让自己稍微流利地表达，还要交到三个好朋友。

千万不要定不切合实际的目标，比如期望自己十天以后就可以像大师一样谈吐流利，那真的不现实。

改变这种事儿，你任何时候开始都不晚，做你觉得对的事儿，但是要坚持下去，这比什么都重要。

希望以上的话对你有用。

小川叔

**又来信**

谢谢小川叔，收到你的回信很惊喜。看来我是真的有点儿活在自己的世界里了，需要调整自己的状态，做个生活的有心人。

新的一年，给自己制订几个目标，希望下次给你写信的时候，自己能有所变化。

## 听从你内心的决定，那会是最好的动力

### 来信

川叔：

你好，还记得我吗？

我是在你的小型分享会后唯一与你合照的那个红衣服男生，没想到我也会以这种方式与你沟通，嘿嘿。其实我已经工作两年，应该算是“叔叔”了。

最近我也遇到了职场上的一些困惑，想与你分享一下，也很想听

听你的建议，请听我慢慢道来：我是2014年9月末入职现在的公司的，之前经历过两家公司，现在都是上市公司（换工作也算很频繁）。之所以由第二家公司跳槽到现在这家公司，是因为第二家公司性质有点儿类似国企，虽然各方面制度比较健全，但是工作压力不算大，上午8点30分上班，下午5点30分下班，而且公司还管住宿，可以做饭、洗澡。现在想想那边的工作还是比较轻松的，但是没有什么压力，感觉不到进步，所以我毅然决定离开。

目前这家是创业型公司，其实我应聘的是招聘专员，之前有一个HR做招聘、薪资、社保的工作，所以我来到这儿后，主要做校园招聘和一些行政的工作，头衔是行政助理。因为公司规模小，没有人事部，所以我的编制也在行政部。入职三个月以来，前两个月主要做本年度的校园招聘，第三个月主要做社会招聘，目前负责公司搬家，还有部分装修工作。

今天我的直属领导过来问我是怎么考虑的，因为公司前几天招聘来一个HRD（人力资源主管），现在要划分部门。他跟我说，人事部只有两个编制，现在是HRD和我的同事，所以没有我的编制。正好他们行政部缺人，问我愿不愿意过去，将来我的工作就是行政内容——后勤服务、给领导开车等杂活。

你可能会想了，很简单的问题嘛！喜欢人事就离职换一份HR的工作，如果不是那么喜欢HR的工作，行政也可以啊！工作不分贵贱，但是问题就在此。

我不确定我到底是不是喜欢HR的工作，目前来说，我可以把招聘工作做得很好，但我不是很喜欢交际，更喜欢一个人安静地独处，在行政工作中，我是很烦那些杂活的，开车除外。

我也可以做一下自我分析：性格方面，工作后变得越来越自闭，越来越不想与别人交际。之前上学的时候，每次坐火车都能和旁边的人聊得很嗨，但是现在连自己的同事我都不想去交际。

我喜欢开车，喜欢冒险，也喜欢打篮球，其实我也喜欢做广播，嘿嘿，只是没有那么努力，做得不像你那么好。

工作方面，我可以把人事工作中的招聘工作做好，并且我已经做了两年，将来要不要继续做，我也没想好。我到底适不适合这个工作，我也不知道。之前找工作的时候，有个HR说我适合培训工作，我感觉他说得很对，所以回去之后立马改投了培训工作，但是无果。我曾在校园招聘的时候，在CEO（首席执行官）讲话后上台演讲，我也曾给二十多个人做过培训。

没想到写着写着就1000字了，真应该那个时候把你拉住好好聊聊的。川叔，能听听你的想法吗？

## 川叔回信

很多朋友在见面会的提问环节，都觉得好像自己没啥好问的，结果回去才想起来，又后悔没当场问，这就是不懂得把握和珍惜机会啊！川叔昨天失眠，导致今早睡过头，上班迟到，现在还有点儿没缓过神来，可能回答里会有逻辑不对、思想断片儿的现象，请你见谅。

首先，你的来信是陈述，不是梳理。

陈述，是表达已有的事实，总结和梳理则是在这个基础上做提升。这是低和高的区别，要尝试多总结，毕竟那是你的人生。

川叔简单帮你梳理了一下：

第一，你经历了几次跳槽，来到了一家创业型公司。创业型公司就意味着岗位不齐全，它不太能培养专业能力，需要你是复合型人才。

第二，你之前做 HR 招聘，但是你没说这一年多你做这个岗位得到了什么，然后因为公司目前的要求，你很可能被调岗去行政。这一点，你需要多和领导求证。所谓求证，是问清楚自己做 HR 的工作还有哪些不足，多数的岗位调整有些是公司需要，有些是能力和岗位不匹配，但是公司又希望留下你。

第三，目前的你其实没的选，你比较茫然，因为你不知道自己是不是喜欢做 HR 的工作，但是你可能更不喜欢行政。

总结完毕，现在来分析：

第一，毕业两年多的你喜欢什么？擅长什么？有什么你最想做的呢？

第二，当初放弃悠闲的工作，加入这家创业型公司，你的目的是什么？你希望学到什么？来到这里，你学到了吗？

第三，现在的你在HR的这个岗位还有哪些不足？这就是上文说的求证，可能还需要一部分自我总结。

第四，你现在是否还有跳槽的勇气？跳槽之后你有求职方向吗？是继续做HR，还是什么都可以？

最后，川叔说说自己的看法：

第一，其实你和目前很多大学生一样，你们缺少一个核心竞争力。这个寻找的过程可能很痛苦，但你必须经历，因为只有这段经历才会告诉你：你到底能干啥。

第二，交际的问题，我觉得不是问题，其实我不知道是什么原因导致你的沟通能力下降，但是至少你和我沟通是没问题的，而且你总要明白，不论以后做什么工作，沟通都是必不可少的。

人在年少的时代，难免会有一段偏自闭的时间，我称之为“成长的静默期”。

我曾经有长达两年的时间就是这样，后来我突破的方法是，报名参加了户外登山小组，因为我觉得，沉默缘于孤独，我需要在生活里添加朋友。后来就是在登山小组里认识了小天和小伍，这两个人让我感谢终生。

你什么时候打算把这个阶段打破，取决于你的主观意愿。

第三，如果你现在没有选择的勇气，那么，顺其自然就是最好的选择。

在你没找到更好的选择前，你能做的只能是接受现实。

坦白地说，人改变自己很难，最难的不是环境，而是你的意愿。

你陈述了大学时代你所有的过往，都看不出你内向，但是这个变化是如何产生的，你可能要好好总结。

行政，其实就是打杂，你可能还会接触到一些类似社保之类的事儿，但是这些多数不太具有技术含量。

其实我很想劝你放弃，但是我觉得那是害你，因为现在放弃，你依旧不知道自己喜欢什么，对吧?

你去创业公司就意味着，你自身的专业能力和其他能力也许并不过关，创业型公司要求复合型的“便宜人才”比较多。可能你离开这里，去一家有规模的地方求职，即使单纯 HR 的岗位，你也未必能过关。

我始终觉得，一个男人需要有一项安身立命的技能，这个技能多数是你大学所学的专业，或者是你毕业之后用三四年时间重新修炼的技能。

如果 HR 是一项技术，请取得一些相应的资格证书。这东西也许没用，但是至少它会让你达到一个标准，让你业余有事可做。

至于行政，我觉得如果你目前没有那么多勇气和想法，你不妨把它当作一个沟通的练习，凡事做过了之后，再说自己不行。

哪怕它永远不是你的目标，你也需要找到你现在做这件事的意义。

对我来说，这就是练习的目的。

很多人活得不幸福，大部分是因为自身的不完满，因为性格缺陷和沟通能力的缺失。

如何找回内心缺少的部分，并且给自己补课。

也许，这是你要思考的东西。

永远记住，只有你的决定，才是最好的动力。

希望以上的话对你有用。

小川叔

# 缺少勇气，拿什么一往无前

**来信**

小川叔：

您好，关注您很久了，每次看了您的文字都好有勇气、好冲动去做自己想做的事情，可是面对一些现实的问题时，我又“歇菜”了。

我从小是在温室里长大的，现在已经29岁了，可思想还是不成熟，未来的路没计划好，有时候自己都不知道要干吗。我最大的爱好就是做手工，可这个不能养活我一辈子啊！这点很让家人担心。

我是在省城读的大学，毕业后一心想留在省城，家人一开始就不同意，在我的坚持下，我留下来了。毕业后没有选择专业对口的工作，去叔叔新成立的公司做了出纳，这一待就是一年多，随后不想放弃自己的专业（室内设计），辞职出来找了一家小公司。可公司效益一直不好，一直拿着底薪生活，日子非常节俭，公司里的员工也一个个走了，就剩我一个。

现在老家有一家公司在招设计师，想想父母身体不好，索性就回老家吧。可现在回老家三个多月了，接到的单子很少，店铺里每天就我一个人干坐着，我想我不能这样混下去啊，这样下去，以前学的东西都忘了，我也得不到进步，我就完蛋了。

我与家人提起这件事，告诉他们我还是想去外面闯闯，学点儿东西。可是父母担心我一个人过得不好，想让我陪在他们身边，觉得一个女孩子就安安分分地过日子吧。为了这事儿，他们晚上睡不好，弄得大家心情很不好，我最怕的就是伤他们的心。

可我不愿意就这样一辈子啊！在这些工作中，从来没有体现出自己的人生价值，人越来越没有自信，越来越自卑。现在这个年龄再出去找工作，确实有点儿怕失败，可这样下去我又不甘心，我该怎么办？小川叔，帮帮我吧！

## 川叔回信

你都 29 岁了，还懦弱成这样，我建议你别出来了。

因为你还不够勇敢。

接下来，你的人生要面对的就是结婚生子了吧？然后就凑合在家人身边吧？

人不勇敢不会死，但是一定会活得特别看不起自己。之后就是认命了。

你现在所谓的“我不愿意”，在我看来，就像是女孩儿的撒娇。

这个世界上不愿意饿肚子、不愿意死的人太多了，谁又给他们机会呢？

你真不愿意，就努力啊！

你看看你的工作和人生，用“每况愈下”形容，估计这个词自己都会觉得不配。

自己的人生，你搞成这个熊样。

然后你现在说：“我好想改变啊！”

呵呵……你打算用几年去改变呢？你想过吗？！

出去闯一闯？懦弱的你去大城市闯，在这个每天都有好多人来去的城市，你觉得你凭什么能留下来？你也不过是拿着父母的赞助费，嘚瑟一圈儿，钱花完了，之后死心，哭着回家而已。

一个自卑又胆小的人，是不会被这个城市接纳的。

还是安心地待在老家和你的手工为伴吧！

你从没想过以前，现在又何必在乎以后？

如果你那么爱设计，就不会做一年出纳；如果你真的好好钻研过设计，就不至于混到今天这个田地。你还是抽空好好看看你残破的一生，之后好好问问自己："我真的适合设计吗？"

之后看看自己能做点儿啥工作，也许这样才现实一些。

你的痛苦来自你既不想努力又希望改变。我都替你难过。

以上的话不会让你的人生变好，你的未来可能还会更糟。

你有空的时候拿出来看看，然后提醒自己，任何时候都能做决定，不是为了让自己变好，只是为了不让人生变得更烂。

给你回信写了这么多，是希望你选好了未来的路，走一段时间之后告诉我：川叔，我觉得我没选错。

小川叔

## 又来信

谢谢小川叔的回信。

未来我还会给您写信的，到时候，就不再是向您抱怨了。

# 你为什么那么爱计较

**来信**

尊敬的小川叔：

您好。我年纪也不小了，叫您叔着实汗颜。关注您的职场系列文章也很久了，之前一直没有写信的冲动。倒不是怕您毒舌，只是觉得自己的问题很一般，没法给创作者什么灵感。最近突然负能量满满，就想给您写一封信，权当一个梳理凌乱思路的过程。您可以选择看或不看，希望不要打扰到您。

我一直都希望凭借自己的能力去解决问题。本科是圈外专业，就去考本行业的资格证，保持英语水平，顺带学习日语，希望能变得更好，符合公司的需要。同时也学习了所需要专业的所有本科课程，并参加了研究生考试，希望获得更多公平竞争的机会。所以，我应该不会提出“我不擅长某领域，不会什么技能，但想做什么高大上职位，所以请您给我指条明路”这种让您火大的问题。

我也许会提出让您更火大的问题，这个问题其实您在“职场老好人”中谈到过。可惜我连老好人都不是。发现自己毕业五年活得很矛盾：既想成为乐于助人的人，又装不成真正的天使。价值观很混乱。

A. 我的利益与上司的利益

我的上司喜欢往自己人身上揽事儿，即便不是我们部门的，她也会和事佬一般都分给我。我碍于情面接下了，虽然列点谈过，写过工作量表，但她总是规避矛盾，逃避正面回答，我也没有犀利到底，默默地顺从了，于是历史就会不断重演。

B. 默默奉献与争取自己的权益

同事如此评论我和前任：你的前任不管是分内还是分外的工作，都毫无怨言地接下，所以她很受大家喜欢；而你会衡量合理不合理，还会抗争，所以你没有那么讨喜。你为什么不学习她的默默奉献呢？

C. 乐于助人与防止得寸进尺

今天我和上司谈了一下分工，把一个原来的工作分给了我的下级部门。然后下级部门一个曾经帮助过我的老好人姐姐就跟我商量，他们觉得这个特别复杂，非常麻烦，他们部门的A女士请假了，因为我最了解情况，能否请我暂代一下。我答曰："可以啊，一周时间的话，这点儿小忙可以帮。"然后这位大姐说："哦，不知道她还回不回来。你能不能一直帮啊？你看这么麻烦，我们又很怕麻烦……"难道我不怕麻烦吗？

在第一家公司时，我是一个恶女。领导很喜欢我，我的业绩打赢了同事，由同事使唤我变成我使唤同事。在第二家公司，领导仍旧是名义上喜欢我，我会主动帮助一下同事，同事对我的爱憎各占百分之五十。我不想像以前一样强硬，但发现妥协并没让我活得更惬意。

好吧。我还是太凌乱了。准备下线看点儿能平静的书。打扰之处，请您海涵。

### 川叔回信

我综合看完你说的三点问题，最后很想问的一句就是：姑娘，你为什么那么爱计较？

也许你会立刻反驳：我时间有限啊！每个人都应该有自己明确的任务分工，还有，我的确很累，忙不过来……

如果一个职员的工作范围就是统计报表，那么请问，是不是原则上他除了统计报表，就不会再做任何别的事呢？因为这是他的工作范围啊！

如果你是老板，你乐意使唤这种做事斤斤计较的员工吗？

且不说你的主管是多喜欢领功劳，所以才使劲儿拉活儿，也不说你的同事多二 × 地拈轻怕重，想把活儿推给你。

那些都是别人的事，我们阻止不了它们的发生。

我们就说你自己。

你是怎么想的？你就想着，你只干好自己分内的事就行了？

是不是还有：你一个月就给我开 4000 元，你还希望我当劳模，给你干 6000 元的活儿，凭什么？

是不是还有：凭什么别人不干，让我干？

如果一个下属一直都在做下属的工作，那他可能只能做下属。

你乐意做一个下属吗？永远拿 4000 元？

也许你会说，我也乐意当主管啊，你要先让我做上主管，给我加了工资啊！

但是，我不知道你能不能做主管，我凭什么给你加？

什么是表现？表现就是做好你分内的事之外，你还能做好其他。

没人逼着你必须升职加薪，这是个人主观愿望的问题。

但是你要搞清楚，你到底想不想向上一步。

你可以一辈子都只做一个小兵，不被重视，最好默默无闻地拿着4000元的工资，一直到死。

那样很清闲，但是麻烦依旧不会少。

你知道什么人乐意计较吗？

答案是穷人。

越没有的人越爱计较。

越没钱的人越计较价格。

越没能力的人越计较付出。

其实就是这样吧！

在职场里所有的投入和产出都成正比，也许你会觉得：我做了那么多，不给我加薪升职，那我不是亏大了吗？

没人规定你必须在这个企业做一辈子，不是吗？

你能力够了，可以选择走啊！

像你的前任那样。

你读书，学外语，各种努力，我觉得只要你从事的不是公务员那种工作，你总是要希望向上的。

向上需要啥？是能力的补充，是经验，是群众的拥护。

这些从什么地方来？

从那些莫名其妙、突如其来的工作中来。

在你还什么都不是的时候，你可以任性拒绝，可拒绝完了，你就真的什么都不是了。

你不是老板的干女儿、股东的侄女，你没有锻炼，没有犯错，没有大量的练习，那你怎么得到？靠按部就班地工作？靠职场里这八小时不饱和的工作？靠别人工作你也工作，别人休息你也休息的作息时间吗？

如果你和别人一样，那为什么加薪的是你，不是别人？

你想过吗？

你可以一辈子和别人一样，没人勉强你。

古话说，烂泥糊不上墙。有些人上不了台面，我觉得这是对的。

因为能糊上墙的，上得了台面的，永远都是极少数。

同批次入职的40人，也许就1个人能得到升迁，你可以选择做那些放松的大多数，也可以选择铆足了劲儿去竞争那1个，这都是你自己可以决定的事。

希望以上的耳光，对你有用。

小川叔

**又来信**

多谢您耐心打了这么多字。被您的耳光确实甩得呆了一下。

因为无论我心里怎么想，说白了，这德行表现出来就是计较。抗争曾经帮我加过几次薪，所以有点儿会哭的孩子有奶吃的错觉。

长久下来，自己也觉得不是个事儿。说一次是讲道理，说多了就是威胁老板，典型的不想混了。

而且问题的根源是没本事跳槽。

温水煮青蛙习惯了。我所谓的拼和努力跟外企的朋友比起来，有云泥之别。我偶尔几天不睡赶案子，她是天天熬夜。然后区别就来了。五年后，她已经升到manager（经理），领着几十万元的薪水，逻辑清楚，上升潜力大；我还是领着我的十多万元，涨幅很小，蝇营狗苟，盯着这点儿微薄的薪水。这样闭着眼也能猜到30岁的样子，买不起帝都的厕所，孤零零地祝自己生日快乐，觉得失意和失败。

我很恐惧这样的生活和自己，就像是休眠期的活火山上，金字塔的顶端只能容得下少数人，处不好和百分之五十的群众的关系也是不争的事实。您说的道理虽然未必全适用于我，但很久没人这么直白地喷我一脸了。醒醒挺好。

上半年若如愿转换跑道，再跟您分享，若还是这样没本事跳到核心业务，又整天负能量满满，就不配得到更好的答案了。

感谢您不吝惜时间给陌生人写了这么长的一封信。真心感谢。

# 你不是蠢，你只是懒得思考

来信

小川叔：

你好！今天拜读了你的那篇教大家如何快速写好稿子的文章，对两句话印象很深刻，第一句是“我正职是做房地产的，业余是个写书的”；第二句是“写稿，更多的像是在憋”。

我是一名房产编辑，在某知名房产媒体工作，听起来很厉害，但我是个每天都会被主管挑出来批评的小编辑：楼盘炒作稿写得太软，语言太稚嫩，文章逻辑性不强。每天写稿，更多的像是在憋。

从小到大，我的作文都是中等水平，有过几次跑题不及格，仅有过一次满分。我从来不写日记，被我妈逼的时候就写点儿。虽然我完全感受不到我有写稿子的天赋和写文章的兴趣，但是我目前还是想把这份工作做好。

我希望你能给我一些建议，例如看些什么类型的书籍，如何训练自己写文章。特别是你的正职是做房地产的，你多少会了解房地产编辑写的那些楼盘软文吧？

现在我仍然在“憋”一篇楼盘炒作稿件。我不想再熬夜了……

**川叔回信**

写文章的方式方法，我在《如何快速写好一篇文章》中写得很明白。

如果你看了，真的细看了，就真的会懂。

软文，你可以看我豆瓣阅读里写的几篇书评，几乎都是软文。

怎么总结是你的事。

没人有义务教你。

少年时代，我很喜欢漫画家颜开，一直写信问他，用什么纸，用什么笔，用什么工具。就好像你现在一样。

许多年后，我才知道，就算他用树枝做笔，估计也比我画得好。

不是工具的问题，而是能力。

你问我，如何提高能力？秘诀人人都知道，就是多练习。

没有捷径，也不可能有速成，更不可能有免费的培训。

不是吗？

方法再多，不去做，就没有效果。

不断去做，你迟早可以找到属于自己的方法。

你指望我按部就班给你安排培训计划吗？

我又不是你亲叔叔……

你又不蠢，你只是懒得思考。

你被骂是因为文章写得烂。

我骂你，是因为你明知道什么是最好的，却依旧不好好努力。

你写得烂，那你知道什么才是不烂的，不是吗？

那你去收集那些经典的软文，整理并做分析记录了吗？

模仿，借鉴，学习，总结。

和主管不断去量化你的达标标准。

这五项，没有一个我可以帮到你。

然后，你还好意思问，你要如何提升自己？

你怎么不问，你要如何吃饭、如何上车、如何到达公司呢？

别问这么愚蠢的问题，这是在浪费自己的智商。

你可以问的是：我这么做了，您看对吗？

这才是一个合格的职业人应该有的表现。

你要问的是：我这么写的理由是，我考虑到 A、B、C，所以我写了这样的稿子，您看这样可以吗？

这才是一个独立思考的人应该具备的基本素质。

职场里没人教你，或者没人有义务教你。

我也没这个理由和义务。

别怪别人，先问问自己。

这些浅显的道理，资料的收集、高规格的汇总，有哪一点真的需要高人指点？自己真的那么无知吗？

现在的你在想什么？你问过你自己吗？

小川叔

## 合同快到期了，我该怎么办

**来信**

小川叔：

您好，我看了《扛得住，世界就是你的》这本书，挺有感触的，现在遇到一个难受的问题：

我的合同快到期了，公司打算招新人分担我的工作，说是分担，但我知道是想替换。我一直也想换一份工作，寻求更好的发展。但现在如果我频繁请假去面试，觉得不太好；直接辞职安心找工作，又不知道什么时候能找到。

也许我心里已经有了决定，可能只是想找个支撑点来说服自己。期待您的回信，谢谢。

## 川叔回信

我觉得你的问题好奇怪啊。

合同到期了，你知道公司要续签，还是决定不续签吗？

怕被人替换？你是内心没有自信吧？

如果一个员工可以被替代，那他本来就没有价值。

这样没有价值的你，与其深深地担忧，还不如赶快把自己武装起来，找到自己最擅长、最具价值的点呢！

你迟早要面临和人配合工作，迟早会面临带领下属。

一个看到有人跑到你部门就吓得半死的人，你拿什么找到“更好”的工作？你又凭什么去获得面试的通过呢？

好的，现在就当作公司不想要你，你也不想要公司了。我不知道你所谓的频繁请假是多频繁，你的面试机会有那么多吗？

面试那么多，还没有一个确定的公司，那你是不是要先停下来反思一下？

你是为了面试而面试，还是想好了你下一步要去什么公司？你要做到什么位置，或者你要得到什么，去争取什么？

你离目标还有多远？还要补充什么？

不然，所谓的换工作，如果就是从这里的普通员工换成那里的普通员工的话，那么你距离下一次被“替换”也不远了。

别再自以为是地纠结自己到底是应该走还是应该留了。

还是低头看看你到底有什么吧！

希望以上的话，对你有用。

小川叔

# 后　记　如果有一天我红了

如果有一天我红了，我希望我还能记得今天和你说的这一切。

因为有些事，你只有对着世界说出来，才更有勇气去做！

也许你会觉得我以下说的话有些可笑，但梦想有时候就是很可笑的。

最近川叔成立了一个 QQ 群，号码非常好记，426421907。分开来读就是 42 6 42 1907。前面是首尾一样的数字，后面是一个类似年代的数字。

其实我不记得这是我开的第几个 QQ 群了，似乎我一直都在开群—关群—解散群—再开群这个循环里来来回回。为什么会这样呢？

因为有很长一段时间，我很讨厌网络聊天工具。

不仅仅是因为网络聊天很容易让人浮躁，还因为那时候的自己不够强大。

是的，不够强大，所以我接受不了自己烦躁的时候被人打扰，甚至接受不了别人对我的不满意，更别说讥讽、嘲笑，乃至无理取闹了。那时候，我很激进，哪怕有300个人爱我，只要有1个人说我讨厌，我就会觉得很郁闷，觉得心情不好，觉得很受伤。

玻璃心破碎不可怕，可怕的是扎伤自己也扎伤别人。

在这样的一个时代，做一个坦诚的人很难。因为你对别人敞开自己，也就意味着你总要接纳别人也许会忽然亮出刀子捅进你的肚子，之后鲜血喷涌。

有时候，最难过的不是新人来黑你，而是老朋友越走越远，临走的时候还冷笑一声，说一句："没想到你会变成今天这个样子。"

我到底变成了什么样子呢？

是我想成为的样子，还是你不能接纳的样子？

是这个世界需要的样子，还是我妥协之后的样子？

是我最后选择的样子，还是你做不到，却一直希望我做到的样子？

让一个人对自己满意，是一件无休止的事。

让一个人对自己失望，也许只是一秒钟的事。

这就是很长一段时间，我非常讨厌网络聊天工具的原因。

我做不到让谁满意，也做不到让自己强大。我只能切断联系，让自己蜷缩在世界的另外一个角落。拒绝看那些爱与关注，或者是流言与非议。就假装没有任何事情发生一样。

我们都知道，世界上不是只有黑白两色，还有在黑白之间无止境、不相同的灰色，我们称这个为层次。如何做一个丰富的人？其实就是有很多层次。

你对自己有要求，你知道自己要把握分寸，让相互连接的彼此都能在一个相对安全的位置。这需要强大的精神控制力。

这就好像与小狗相处，你既要让它知道不能随地尿尿，又要让它懂得在厕所尿尿就会受到奖励。

你既要调整自己，不要和任性撒娇的它去无休止地生气，又要和它玩耍，尽情嗨皮。

前几天，QQ群才开张，来了一百多人，我就在上面晒照片，说秘密。

于是有人说："川叔，如果以后你红了，你还会这样吗？"

我说："肯定不会。"

中国有句古话，叫作"相识于微时"，意思就是在你们都还没有名气的时候认识，也许那段日子才是最美好的。

若有一天，一方成名了，开阔了眼界，有了顾忌，而另一方还留在原地，甚至可能还对其充满了期望和要求。
或许这份美好，就不复存在了。

世间最难得的美好，莫过于我们都在努力和进步，他日都以另外一种姿态重逢。
世间最难得的陪伴，莫过于悄悄喜欢了你很多年，看着你的改变，见证着你的成长。
世间最悲哀的期望，或许是爱了你很久，以最卑微的姿态宠着你，不放开你，希望自己内心的那些期望在你身上都得以实现。
世间最惨烈的分手，或许是我永远怀念的是你最初的样子，纯真无污染，你最好永远不要被更多人分享，你最好不要变，一直这样下去……
最后即便你做到了，我也要走，因为我觉得我长大了……

我在一次分享会上告诉大家，我的梦想不是做一个所谓的畅销书作者。我希望可以做一个职场培训师，一个可以给予毕业生帮助的人。这个目标是我在出版图书的过程中逐渐找到的。

我知道确定这个目标对一个害怕舞台的人来说是一个多大的挑战，我也明白为了能站到那个舞台上去说话，我必须在市场上有反响，有拥护者。
要够红！

是的，和你一样，当我看到这三个字的时候，我也觉得可笑。

因为红不红有时候不是你和我说了算的，也许是机会，但更多的是需要准备，为此我倾尽全力。

这是我出版的第三本书。

从我预备出版第一本书开始，至今对接了29位出版商，深度沟通的人多达16位。有好多次，我上午聊完，下午继续聊。每次我都要重申：我是谁，我要做什么，我为什么要这样做，等等。

经过反复筛选，不断确认，最后确立了合作伙伴，在对合同进行各种修改、细化之后，还需要去磨合编辑风格，确定封面，参与营销计划。

为什么要这么做？因为我希望让我的合作出版方明白，眼前的这个30多岁的大叔，是多么认真地想去做一件什么样的事，而且他可以为这件事付出什么。

今年，我还计划做十场演讲。我是一个不太敢在舞台上讲话的人，尤其是演讲。

为此，我提前在北京做了两场小型的见面会，每一场我都会把自己的演讲PPT进行优化，每一场我都希望自己带来新的内容，并且依据现场的反应来做调整。

为了将来这十场演讲能更切实地实行，我还对接了四家赞助方，向一些资深培训师请教我上台发言的不足，并不断反思、优化自己的动作。

也许你会问，既然你那么怕，为什么还要和自己过不去？

因为既然我希望做一个职场培训师，把这些东西做分享，我就必须克服在人前讲话这个障碍。

对我来说结果很重要，但是去克服的这个过程，将是自己完善自我性格的一个过程。

这并不是挑战，而是一种自我的进化和升级。

除此之外，我还想做十二位创业者的深度访谈。我希望通过创业者的故事去了解创业背后的缘起，看看可不可以从创业者的角度为如今打算创业的大学生提供一些建议，也看看可不可以从这些创业者那里为现在的大学生谋到一些就业或者实习的机会。为了实现这个目标，我现在深入了解三家创业组织，平均两周参与一次创业者分享会，每周都和创业家见面和深谈。

为了学习如何做社群管理，我还加入了优米网以及“罗辑思维”，考虑未来如何更好地运用互联网思维。

我知道，即便我做完了所有的准备工作，可能还是没红。

那就真的没关系了，因为我做了我能做的，尽力了，也就足够了，不是吗？所以未来的三年也好，五年也好，我知道向前跋涉一定会很辛苦，但是我觉得我可以，在为了自己的目标前进的同时，我也需要鼓励，希望看到更多的人和我一起向前。

成长，是最难的、一层一层的蜕变。当内在的你逐渐强大的时候，就会从一个旧的躯壳里脱出，然后变成一种新的样子。
变化，是让人跟不上的一个转折，你每变化一次，也许就会失掉一些曾经支持过去的那个你的人。我曾经因此很惋惜、很伤心，甚至一度还想假装去扮演那个过去的自己，但是后来我发现做不到，我没办法。
是的，我在变。我希望，你也能跟着一起变。
梦想一直都在，最难的莫过于坚持。

我知道，未来一定会有人不喜欢我，会骂我、诋毁我，说我贩卖廉价的成功励志哲学。
我也知道，如果我红了，一定会遭人非议，被人对抗，说我是无知无耻的心灵鸡汤写手。
没有谁能做到像人民币一样被所有人喜欢，无论我变成多努力的样子，总会有人记得我早年最脆弱，甚至最无理取闹的时候，然后告诉我："这是你多么不堪的黑历史。"

一个人的生命可长可短。如果你有幸去见证一个人的改变，也许这才是最难得的机会。
如果你的学校里有演讲的机会，希望你能帮川叔推荐。
如果你的学长是创业的先锋队，希望你能帮川叔介绍。
如果你谁都不认识，也没有任何资源和能力，那么希望你能继续支持我的书，看完之后为我点个赞。

正是因为头上没有伞可以遮风挡雨，所以才要更努力地奔跑疾行。

如果有一天关注我的人很多，微博的粉丝破了十万，我希望那时自己还能是那个傲娇、自信、爱吃的小胖子，可以每天抽空和你在群里侃侃大山，扯扯淡，拥有这份儿难得的闲心。

希望你能帮我记得我今天说的这番话。当日后我被虚荣迷惑、被浮华愚弄的时候，拿给我看，让我记得，当年我为什么要出发上路……

不管你能继续关注我多久，都非常感谢这一刻，你看到了这里。

小川叔

2015 年春节

**图书在版编目（CIP）数据**

努力，才配有未来 / 小川叔著 .— 长沙：湖南文艺出版社，2015.7
ISBN 978-7-5404-7177-4

Ⅰ. ①努… Ⅱ. ①小… Ⅲ. ①随笔－作品集－中国－当代 Ⅳ. ① I267.1

中国版本图书馆 CIP 数据核字（2015）第 115759 号



**上架建议：心灵成长 · 励志**

**努力，才配有未来**

**作　　者：**小川叔
**出 版 人：**刘清华
**责任编辑：**薛　健　刘诗哲
**监　　制：**毛闽峰　李　娜
**策划编辑：**杨清钰
**文案编辑：**王　静
**营销编辑：**张　璐　李　素
**封面设计：**仙　境
**版式设计：**张丽娜
**出版发行：**湖南文艺出版社
（长沙市雨花区东二环一段 508 号　邮编：410014）
**网　　址：**www.hnwy.net
**印　　刷：**三河市百盛印装有限公司
**经　　销：**新华书店
**开　　本：**880mm × 1070mm　1/32
**字　　数：**195 千字
**印　　张：**9
**版　　次：**2015 年 7 月第 1 版
**印　　次：**2017 年 3 月第 4 次印刷
**书　　号：**ISBN 978-7-5404-7177-4
**定　　价：**38.00 元

质量监督电话：010-59096394
团购电话：010-59320018